Arielle Queen
Le règne de la Lune noire

Du même auteur

Dans la même série
Arielle Queen, La société secrète des alters, roman
jeunesse, 2007.
Arielle Queen, Premier voyage vers l'Helheim, roman
jeunesse, 2007.
Arielle Queen, La riposte des elfes noirs, roman
jeunesse, 2007.
Arielle Queen, La nuit des reines, roman jeunesse,
2007.
Arielle Queen, Bunker 55, roman jeunesse, 2008.
Arielle Queen, Le dix-huitième chant, roman jeunesse,
2008.
Arielle Queen, Le Voyage des Huit, roman jeunesse,
2009.

Dans la série Soixante-six
Soixante-six, Les tours du château, roman jeunesse,
2009.
Soixante-six, Le cercueil de cristal, roman jeunesse,
2009.

Nouvelles
Noires nouvelles, nouvelles, 2008.

Chez d'autres éditeurs
L'Ancienne Famille, Éditions Les Six Brumes, coll.
« Nova », 2007.
Samuel de la chasse-galerie, Éditions Médiaspaul,
coll. « Jeunesse-plus », 2006.

ARIELLE QUEEN

LE RÈGNE DE LA LUNE NOIRE

Michel J. Lévesque

LES INTOUCHABLES

Les Éditions des Intouchables bénéficient du soutien financier de la SODEC et du Programme de crédits d'impôt du gouvernement du Québec.

Nous remercions le Conseil des Arts du Canada de l'aide accordée à notre programme de publication.

Nous reconnaissons l'aide financière du gouvernement du Canada par l'entremise du Programme d'aide au développement de l'industrie de l'édition (PADIÉ) pour nos activités d'édition.

ASSOCIATION
NATIONALE
DES ÉDITEURS   Membre de l'Association nationale des éditeurs de livres.
DE LIVRES

LES ÉDITIONS DES INTOUCHABLES
512, boulevard Saint-Joseph Est, app. 1
Montréal, Québec
H2J 1J9
Téléphone: 514 526-0770
Télécopieur: 514 529-7780
www.lesintouchables.com

DISTRIBUTION: PROLOGUE
1650, boulevard Lionel-Bertrand
Boisbriand, Québec
J7H 1N7
Téléphone: 450 434-0306
Télécopieur: 450 434-2627

Impression: Transcontinental
Illustration de la couverture: Boris Stoilov
Conception du logo et de la couverture: Geneviève Nadeau
Infographie: Marie Leviel
Révision, correction: Élyse Andrée Héroux,
Patricia Juste Amédée, Élaine Parisien
Photographie de l'auteur: Karine Patry

Dépôt légal: 2009
Bibliothèque et Archives nationales du Québec
Bibliothèque nationale du Canada

ISBN: 978-2-89549-392-1

*Pour tous les fans d'Arielle Queen :
les futurs, les vrais, les vrais de vrai,
sans oublier les fans numéro un !*

« Si l'abeille venait à disparaître, l'espèce humaine n'aurait plus que quatre années à vivre. »
— Albert Einstein

Queen et *quean* se prononcent de façon semblable, ils ont presque la même épellation et les deux mots désignent des femmes, mais de genres très différents. *Queen* vient du vieil anglais *cwen*, prononcé kwān : « Reine, femme d'un roi. » Quant à *quean*, il tire lui aussi son origine du vieil anglais *cwene*, prononcé *kwên* : « Femme, serf femelle du XIe siècle. » À cette époque, *quean* était aussi utilisé pour désigner une prostituée. Mais aux XVIe et XVIIe siècles, dans plusieurs dialectes dérivés de l'anglais, la prononciation de *queen* et *quean* devint identique, ce qui rendit obsolète l'ancienne définition péjorative. La racine germanique présente dans les deux mots (**kwen-*, pour « femme ») vient elle-même de la racine indo-européenne **gwen-* et apparaît dans deux autres mots anglais. Le premier est le terme *gynecology*, du grec *gunē*, et l'autre, *banshee*, associé à l'ancienne racine irlandaise *ben*, qui signifie également « femme ». *Banshee* veut dire « femme fée » et fait référence à un esprit femelle au cri puissant, qui agit comme messagère de la mort (*The American Heritage Dictionary of the English Language*, quatrième édition, Houghton Mifflin Company, 2000).

Rappelle-toi, c'est grâce au signe que vous avez pu atteindre l'éclair de résurrection et éviter la mort du quatrième sacrifié. Le signe vous a guidés sur l'océan; à lui seul, il indiquait la position précise où le Carribean Queen devait jeter l'ancre. Un seul nombre pour chacune des coordonnées de latitude et de longitude...

— Paroles d'Absalona, Lady de Nordland, adressées à Arielle Queen sur l'île de Man en l'an 2037

Dernière lettre d'Hezadel Saddington à Fiona et Shanta Solis, nécromanciennes de la caste des Sordes

6 novembre de l'année 2006,
Ville de Belle-de-Jour
Nouveau Monde.

Fiona et Shanta, mes chères sœurs,

J'ai une triste nouvelle à vous apprendre : bientôt, très bientôt, mon heure viendra. Grâce à mes sens de nécromancienne, j'ai pu entendre l'appel de la mort, et plus les jours passent, plus celui-ci devient puissant. J'espère seulement que mon sacrifice servira notre cause, et que j'aurai suffisamment de temps, avant mon départ, pour récupérer et unir enfin ces maudits médaillons demi-lunes. Je suis certaine que les pendentifs portés par Arielle Queen et Noah Davidoff ne sont pas des répliques comme celles que

NOUS AVONS VUES À DUBLIN ET À SINGAPOUR. PLUSIEURS DE CES RÉPLIQUES ONT ÉTÉ DISPERSÉES DANS LE MONDE POUR BROUILLER LES PISTES, MAIS JE CROIS QUE LES MÉDAILLONS QUE NOUS AVONS DÉCOUVERTS ICI, À BELLE-DE-JOUR, SONT D'ORIGINE, QU'ILS ONT ÉTÉ FORGÉS PAR LOKI LUI-MÊME. MAIS QU'IMPORTE, POUR LE MOMENT, CAR LORSQUE VOUS RECEVREZ CETTE LETTRE, TOUT SERA FINI DEPUIS LONGTEMPS ET QUELQU'UN D'AUTRE QUE MOI VOUS AURA APPRIS COMMENT S'EST TERMINÉE CETTE AVENTURE.

SI JE VOUS ÉCRIS AUJOURD'HUI, CE N'EST PAS POUR VOUS ANNONCER MA MORT, MES CHÉRIES, MAIS POUR VOUS RACONTER UNE HISTOIRE ; UNE HISTOIRE QUI RISQUE DE DISPARAÎTRE AVEC MOI SI JAMAIS LA JEUNE ARIELLE QUEEN ARRIVE À ME VAINCRE, CE QUI, SELON LES SIGNES, ME SEMBLE DE PLUS EN PLUS PROBABLE. CETTE HISTOIRE EST CELLE D'EMMANUEL QUEEN, MON PROTÉGÉ, LE FRÈRE D'ARIELLE. PAS UNE FOIS DANS L'HISTOIRE DE LA LIGNÉE DES QUEEN LES JEUNES ÉLUES N'ONT EU DE FRÈRES OU DE SŒURS. ELLES ONT TOUJOURS ÉTÉ ENFANTS UNIQUES, ET CE, À TOUTES LES GÉNÉRATIONS. SAUF CELLE-CI. ÉTRANGE, NE TROUVEZ-VOUS PAS ?

QUOI QU'IL EN SOIT, C'EST UNE CHANCE POUR NOUS QU'EMMANUEL AIT PRÊTÉ SERMENT D'ALLÉGEANCE À FALKO ET AUX AUTRES SYLPHORS. IL EST NOTRE ALLIÉ, ET NON NOTRE ENNEMI. IL NE FAUT SURTOUT PAS NÉGLIGER L'IMPORTANCE DE CE GARÇON. UN JOUR, IL JOUERA UN RÔLE CRUCIAL DANS NOTRE COMBAT CONTRE LES ALTERS, ET C'EST PEUT-ÊTRE GRÂCE À LUI QUE NOUS

FINIRONS PAR RÉGNER SUR LES HOMMES. LORS DE MA DERNIÈRE VISITE À LA FOSSE D'ORFRAIE, SALVANA, L'ORACLE DE LOTHAR, A EU UNE VISION QUI LUI A RÉVÉLÉ QUE LE PLUS REDOUTABLE ADVERSAIRE DE L'ÉLUE SERAIT SON FRÈRE JUMEAU. SALVANA A AFFIRMÉ QUE, DANS UN FUTUR PROCHE, EMMANUEL QUEEN DEVIENDRA NUL AUTRE QUE L'ELFE DE FER, L'ELFE DES ELFES. VOILÀ POURQUOI JE ME DOIS DE VOUS RACONTER LE DÉBUT DE SON HISTOIRE AUJOURD'HUI, AFIN QUE VOUS PUISSIEZ TRANSMETTRE CES CONNAISSANCES À VOTRE TOUR ET QU'ELLES NE SOIENT JAMAIS OUBLIÉES.

TOUT COMMENÇA AU DÉBUT DE L'ANNÉE 1990, LORSQUE EDWINA, L'ORACLE DE MASTERKOY, LE VOÏVODE DE L'ÉPOQUE, ANNONÇA QUE LA JEUNE GABRIELLE QUEEN DONNERAIT BIENTÔT NAISSANCE À LA PROCHAINE ÉLUE DE LA PROPHÉTIE. MASTERKOY ORDONNA ALORS À SON PLUS VALEUREUX KOBOLD, MON FILS, ERIK SADDINGTON, DE SÉDUIRE LA JEUNE FILLE ET DE DEVENIR SON AMANT, AFIN QUE LES SYLPHORS PUISSENT TOUJOURS GARDER UN ŒIL SUR LA MÈRE DE L'ÉLUE, AINSI QUE SUR L'ENFANT QUI ALLAIT NAÎTRE. AVANT D'ORGANISER LA RENCONTRE ENTRE ERIK ET GABRIELLE, LES SYLPHORS PRIRENT SOIN D'ÉLOIGNER CELUI QUE L'ON CONNAISSAIT À L'ÉPOQUE SOUS LE NOM DE SIM, LE FIDÈLE COMPAGNON DE GABRIELLE QUEEN. SIM ÉTAIT AMOUREUX DE GABRIELLE, MAIS LA JEUNE FILLE NE PARTAGEAIT PAS SES SENTIMENTS. DU MOINS, PAS ENCORE. UNE FOIS SIM ÉCARTÉ, GABRIELLE SE MONTRA BEAUCOUP PLUS RÉCEPTIVE

AU CHARME D'ERIK. ELLE ÉTAIT DÉJÀ ENCEINTE LORSQU'ELLE TOMBA ENFIN AMOUREUSE DE LUI, MAIS LE KOBOLD PARVINT À LUI FAIRE CROIRE QU'IL ÉTAIT LE PÈRE DE L'ENFANT.

PEU DE TEMPS APRÈS, MASTERKOY FUT BLESSÉ MORTELLEMENT AU COURS D'UN AFFRONTEMENT AVEC LES ALTERS, MAIS, AVANT DE MOURIR, IL ACCORDA L'ÉLÉVATION ELFIQUE À ERIK, LUI DONNANT AINSI LE TITRE DE VOÏVODE DU NOUVEAU MONDE. ERIK PRIT LE NOM DE MASTERFALK – IL DEVAIT PLUS TARD DEVENIR FALKO –, PUIS OBLIGEA GABRIELLE À VENIR VIVRE AVEC LUI, PARMI LES ELFES ET LES NÉCROMANCIENNES. QUELQUES MOIS S'ÉCOULÈRENT, PUIS LE 2 NOVEMBRE 1990, À 23 HEURES PRÉCISES, NAQUIT EMMANUEL QUEEN. FAIT EXCEPTIONNEL, ARIELLE QUEEN VIT LE JOUR TROIS HEURES APRÈS SON FRÈRE, À 2 HEURES DU MATIN, LE 3 NOVEMBRE 1990. JAMAIS AUPARAVANT JE N'AVAIS VU UN SI GRAND ÉCART ENTRE LES NAISSANCES DE JUMEAUX. J'EUS LE SENTIMENT QUE LA JEUNE ARIELLE NE VOULAIT PAS ENTRER DANS NOTRE MONDE, QU'ELLE REFUSAIT DE QUITTER LE VENTRE DE SA MÈRE.

MALHEUREUSEMENT POUR NOUS, SIM RÉAPPARUT DANS LA VIE DE GABRIELLE QUELQUES JOURS SEULEMENT APRÈS LA NAISSANCE DES JUMEAUX. ACCOMPAGNÉ D'UN GROUPE DE CHEVALIERS FULGURS, IL RÉUSSIT À S'INTRODUIRE DANS LE REPAIRE DES ELFES NOIRS ET À CONVAINCRE LA JEUNE FEMME DE LE SUIVRE. VOUS CONNAISSEZ LA SUITE : GABRIELLE TENTA DE RETROUVER SON FILS DANS NOTRE POUPONNIÈRE, MAIS N'Y

PARVINT PAS, À SON GRAND DÉSESPOIR. LA JEUNE Arielle DANS LES BRAS, ELLE S'ENFUIT AVEC Sim, ABANDONNANT LE PETIT Emmanuel DERRIÈRE ELLE, AUX MAINS DES SYLPHORS. ELLE QUITTA LE REPAIRE DE CES DERNIERS SANS SAVOIR CE QU'IL ÉTAIT ADVENU DE SON FILS.

CE JOUR-LÀ, LE BÉBÉ SE TROUVAIT AVEC UNE DE NOS NOURRICES NÉCROMANCIENNES, QUI LUI DONNAIT LE SEIN À LA PLACE DE SA MÈRE. C'EST AINSI QUE NOUS PROCÉDIONS AVEC TOUS LES ENFANTS QUI NAISSAIENT DE PARENTS HUMAINS. MÊME Arielle EUT DROIT À CE TRAITEMENT, MAIS PAS SUFFISAMMENT LONGTEMPS POUR QUE LE LAIT NÉCROSÉ AGISSE RÉELLEMENT SUR SON ORGANISME.

IL DEVINT VITE ÉVIDENT QUE L'ÉVASION DE Gabrielle ET DE Sim N'AVAIT PAS ÉTÉ TRÈS BIEN PLANIFIÉE. Sim ET LES FULGURS RENCONTRÈRENT BEAUCOUP PLUS DE RÉSISTANCE QUE PRÉVU LORS DE LEUR INCURSION ET DURENT IMPROVISER. PEU APRÈS LEUR FUITE, ILS FURENT DONC RATTRAPÉS PAR UN ESCADRON DE SYLPHORS. Gabrielle FUT CAPTURÉE ET RAMENÉE AUPRÈS DE Falko. POUR LA PUNIR, CELUI-CI ORDONNA QU'ON L'ENVOIE AUPRÈS DE Lothar, DANS LA FOSSE NÉCROPHAGE D'Orfraie, AFIN QU'ELLE Y REÇOIVE L'ENSEIGNE-MENT DES NÉCROMANCIENNES.

Sim, QUANT À LUI, EUT PLUS DE CHANCE QUE SA COMPAGNE : IL RÉUSSIT À S'ÉLOIGNER AVEC LA PETITE Arielle, ET TOUS LES DEUX SE RÉFUGIÈ-RENT À Belle-de-Jour, UNE VILLE QUE Sim SAVAIT DIRIGÉE PAR Reivax ET SES ALTERS. NOUS NE POUVIONS PAS INTERVENIR LÀ-BAS, NI

RÉCUPÉRER LA JEUNE ÉLUE SANS RISQUER DE PROVOQUER UNE GUERRE. IL NOUS FALLAIT UN PLAN, UNE STRATÉGIE, POUR ESSUYER LE MOINS DE PERTES POSSIBLE. «NOUS Y IRONS, ME CONFIA ALORS FALKO, MAIS SEULEMENT LORSQUE NOUS SERONS SUPÉRIEURS EN NOMBRE. ET CE JOUR-LÀ, NOUS LES ANÉANTIRONS TOUS!» LES AUTRES SYLPHORS PROTESTÈRENT EN AFFIRMANT QU'IL FALLAIT ATTAQUER IMMÉDIATEMENT, TANDIS QUE NOUS SAVIONS OÙ SE TROUVAIT L'ÉLUE. POUR MA PART, J'ÉTAIS D'ACCORD AVEC FALKO ET JE N'HÉSITAI PAS À L'AFFIRMER HAUT ET FORT. MES INTERVENTIONS CONTRIBUÈRENT D'AILLEURS À CALMER LES ESPRITS, ET CHAQUE FOIS FALKO M'EN REMERCIA: «OUI, IL FAUT RÉCUPÉRER LA JEUNE ÉLUE, C'EST VITAL!» DISAIS-JE AUX TROUPES. PLUS LES JOURS PASSAIENT, PLUS LES ELFES ÉTAIENT IMPATIENTS DE LANCER L'ATTAQUE CONTRE BELLE-DE-JOUR, ET IL DEVENAIT DE PLUS EN PLUS DIFFICILE DE LES CONTENIR. «MAIS CE QUI EST IMPÉRATIF POUR L'INSTANT, EXPLIQUAIS-JE, C'EST DE METTRE LA MAIN SUR LES MÉDAILLONS DEMI-LUNES. ATTENDONS QU'ARIELLE QUEEN RETROUVE LE SIEN AVANT DE METTRE CETTE VILLE À FEU ET À SANG. SANS LE MÉDAILLON, L'ÉLUE NE NOUS SERVIRA À RIEN.» GÉNÉRALEMENT, CE DISCOURS SUFFISAIT À LES APAISER. POUR UN TEMPS, DU MOINS.

ENTRE-TEMPS, FALKO ET MOI DÉCIDÂMES DE PRENDRE LE JEUNE EMMANUEL QUEEN SOUS NOTRE AILE. FALKO LE TRAITAIT COMME SON HÉRITIER ET, MOI, JE ME COMPORTAIS COMME SI J'ÉTAIS SA GRAND-MÈRE. EMMANUEL FUT ÉDUQUÉ

PAR FALKO ET MOI JUSQU'À CE QU'IL ATTEIGNE L'ÂGE DE QUATRE ANS. IL INTÉGRA ENSUITE LES RANGS DE LA RUCHE, OÙ TOUS LES ENFANTS DE NOS DISCIPLES RECEVAIENT LEUR FORMATION. ILS Y PASSAIENT DIX ANNÉES, N'EN SORTANT QU'À L'ÂGE DE QUATORZE ANS, LORSQU'ILS ÉTAIENT PRÊTS À ÊTRE FAITS KOBOLDS. IL ÉTAIT IMPORTANT POUR FALKO ET SES ELFES DE RENOUVELER LEURS TROUPES S'ILS SOUHAITAIENT POURSUIVRE LEUR LUTTE CONTRE LES ALTERS, MAIS, SURTOUT, PRENDRE D'ASSAUT LA VILLE DE BELLE-DE-JOUR.

« ON SE REVERRA BIENTÔT, GRAND-MÈRE ? » ME DEMANDA EMMANUEL LE JOUR OÙ JE LE CONDUISIS À LA RUCHE. « BIEN SÛR, MON ENFANT, RÉPONDIS-JE. ET CE JOUR-LÀ, TU SERAS DEVENU UN HOMME. » IL SOURIT, PUIS S'AVANÇA SEUL VERS L'IMMENSE PORTAIL DE LA RUCHE, QUI S'OUVRIT DANS UN LONG GRINCEMENT MÉTALLIQUE. LE JEUNE GARÇON SE RETOURNA, PUIS ME SALUA UNE DERNIÈRE FOIS DE SA PETITE MAIN AVANT DE DISPARAÎTRE DERRIÈRE LE PORTAIL QUI SE REFERMA IMMÉDIATEMENT APRÈS SON PASSAGE.

DÈS SON ENTRÉE LÀ-BAS, EMMANUEL FUT ACCUEILLI PAR UN IMKER, UNE SORTE DE TUTEUR ATTITRÉ QUI LUI SERVIRAIT D'ACCOMPAGNATEUR PENDANT TOUTE LA DURÉE DE SON SÉJOUR À LA RUCHE. CELUI D'EMMANUEL ÉTAIT UN SERVITEUR KOBOLD À L'ASPECT RUDE ET GROSSIER, APPELÉ ANDERS. IL AVAIT LA RESPONSABILITÉ NON SEULEMENT D'EMMANUEL, MAIS AUSSI D'UN AUTRE ENFANT, UNE JEUNE FILLE DU NOM DE GLORIANA.

AU TOUT DÉBUT, GLORIANA ET EMMANUEL VÉCURENT COMME FRÈRE ET SŒUR, MAIS, AU FIL

DES ANS, LEUR LIEN FRATERNEL NE TARDA PAS À SE TRANSFORMER EN QUELQUE CHOSE DE BEAUCOUP PLUS FORT. SOUS L'AUTORITÉ ET LA SURVEILLANCE CONSTANTE D'ANDERS, ILS PASSÈRENT LA DÉCENNIE SUIVANTE À RECEVOIR LES ENSEIGNEMENTS DES DIFFÉRENTS ELFES ET KOBOLDS DE LA RUCHE ET À PARTAGER LEUR QUO-TIDIEN. AVANT MÊME D'AVOIR ATTEINT L'ÂGE DE QUATORZE ANS, LES DEUX ADOLESCENTS ÉTAIENT TOMBÉS FOLLEMENT AMOUREUX L'UN DE L'AUTRE, ET C'EST EXACTEMENT CE QUE SOUHAITAIENT LES ELFES.

DEPUIS LA CRÉATION DE LA RUCHE PAR MASTERSINN EN 1810, CHAQUE NOUVEL IMKER A LA RESPONSABILITÉ DE DEUX ENFANTS, UN JEUNE MÂLE ET UNE JEUNE FEMELLE. CES DIX ANNÉES PASSÉES À LA RUCHE SERVENT ESSENTIELLEMENT À CONDITIONNER LES DEUX RECRUES, DE FAÇON À S'ASSURER DE LEUR OBÉISSANCE, MAIS AUSSI À VEILLER À CE QU'ILS TOMBENT AMOUREUX L'UN DE L'AUTRE. AINSI, À LEUR SORTIE, ILS FORMENT UN COUPLE. PLUS TARD, ILS DONNERONT NAISSANCE À DE NOUVELLES RECRUES, QUI À LEUR TOUR IRONT GROSSIR LES RANGS DE LA RUCHE. LE BUT DE TOUT CECI : MOBILISER DAVANTAGE DE TROUPES. DE L'ÉLEVAGE DE BÉTAIL, ME DIREZ-VOUS, MES CHÈRES SŒURS, ET VOUS AUREZ RAISON. SACHEZ QUE LES ELFES EMPLOIENT TOUJOURS CETTE MÉTHODE AUJOURD'HUI. PLUS QUE JAMAIS, EN VÉRITÉ, CAR CELA EST ESSENTIEL À NOTRE SÉCURITÉ ET À NOTRE VICTOIRE. BIENTÔT, UN PLUS GRAND NOMBRE DE SERVITEURS KOBOLDS SERA NÉCESSAIRE POUR ASSURER LA PROTECTION

DE NOS ALLIÉS, LES SYLPHORS, DURANT LE JOUR. LES ALTERS SONT DE PLUS EN PLUS NOMBREUX À MAÎTRISER LA POSSESSION INTÉGRALE, ET CE N'EST PLUS QU'UNE QUESTION DE TEMPS AVANT QU'ILS NE LANCENT UNE VASTE OPÉRATION DIURNE POUR EXTERMINER TOUS LES SYLPHORS. NOUS, LES NÉCROMANCIENNES DE LA CASTE DES SORDES, N'ÉCHAPPERONS PAS À CE MASSACRE. C'EST POURQUOI NOUS AURONS BESOIN D'UNE PUISSANTE ARMÉE DE SERVITEURS KOBOLDS POUR NOUS DÉFENDRE CONTRE LES ALTERS ET COMBATTRE EN NOTRE NOM.

CONTRAIREMENT AUX AUTRES RECRUES DE LA RUCHE, TOUTEFOIS, GLORIANA ET EMMANUEL QUEEN N'ÉTAIENT PAS DESTINÉS À SERVIR DANS L'ARMÉE DE KOBOLDS. FALKO ET MOI AVIONS D'AUTRES PROJETS POUR EUX. DES PROJETS, DISONS, PLUS « CLANDESTINS ». EMMANUEL FUT FAIT SERVITEUR KOBOLD À SA SORTIE DE LA RUCHE, COMME CONVENU, MAIS PAS GLORIANA. FALKO AVAIT PRÉVU POUR ELLE UNE VÉRITABLE MISSION D'INFILTRATION. FAISANT CROIRE À EMMANUEL QU'ELLE ÉTAIT MORTE DE FAÇON ACCIDENTELLE AU COURS D'UN RUDE ENTRAÎNE-MENT, NOUS EXPÉDIÂMES GLORIANA À LA FOSSE D'ORFRAIE, AFIN QU'ELLE SOIT PRISE EN CHARGE PAR NOS MAÎTRES NÉCROMANCIENS SORDES ET BALTOZOR.

CEUX-CI FIRENT D'ABORD SUBIR UN LAVAGE DE CERVEAU À GLORIANA. ILS MODIFIÈRENT SES SOUVENIRS, À LA DEMANDE DE FALKO, ET L'ENVOYÈRENT PRENDRE LA PLACE DE SA SŒUR JUMELLE, ELIZABETHA, QU'UN COUPLE D'IMKERS originaires de Haute-Savoie, appelés Quintalis, avaient programmée dès la naissance pour qu'elle devienne la meilleure amie d'Arielle Queen. Il était prévu depuis longtemps que Gloriana remplacerait un jour sa sœur. Le rôle d'Elizabetha fut plutôt minime pendant toutes ces années ; elle ne devait servir qu'à établir le contact avec Arielle et son oncle, en attendant l'introduction de notre véritable vigile, Gloriana, qui avait été entraînée dans ce seul but : infiltrer l'entourage de la jeune Arielle. Oui, vous avez bien lu, mes chères sœurs : bien qu'elle l'ignore encore elle-même, Elizabeth Quintal est en vérité Gloriana. Elle deviendra non seulement notre alliée, mais aussi notre meilleure espionne ou, du moins, celle qui se trouvera le plus près d'Arielle Queen. Afin d'éviter qu'Emmanuel ne mette en danger la couverture de Gloriana, sa mémoire fut elle aussi modifiée ; qui sait ce qu'il aurait pu tenter en apprenant que sa tant aimée Gloriana était toujours vivante ? Le pauvre garçon n'a donc jamais su qu'Elizabeth était en réalité Gloriana, son ancienne amoureuse, et cela doit demeurer ainsi.

Vous vous demandez certainement ce qui est arrivé à Elizabetha, la toute première Elizabeth Quintal ? Sachez simplement qu'elle fut tuée, puis effacée le jour même de son remplacement, soit le

3 NOVEMBRE 2004. CE JOUR MARQUAIT ÉGALEMENT LE QUATORZIÈME ANNIVERSAIRE D'ARIELLE QUEEN, LA SŒUR JUMELLE D'EMMANUEL.

FIONA, SHANTA, RETENEZ BIEN CECI : DANS UN FUTUR PROCHE, GLORIANA RETROUVERA SA MÉMOIRE, TOUT COMME EMMANUEL, CAR ILS ONT ÉTÉ PROGRAMMÉS POUR CELA. TOUS LES DEUX S'UNIRONT ALORS POUR COMBATTRE NOS ENNEMIS. MAIS, AVANT CE JOUR D'ÉVEIL, IL EST POSSIBLE QU'ILS CROISENT VOTRE CHEMIN. SI CELA SE PRODUIT, JE VOUS DEMANDE DE LES PROTÉGER ET DE LES GUIDER, DU MIEUX QUE VOUS LE POURREZ. JE NE CONNAIS PAS LEUR DESTIN, MAIS SALVANA, L'ORACLE DE LOTHAR, A PRÉDIT QU'EMMANUEL ET GLORIANA AURONT UN RÔLE IMPORTANT À JOUER DANS LA CHUTE DES ALTERS. L'ORACLE A AFFIRMÉ QU'ILS ÉLIMINERONT ARIELLE QUEEN ET LE SECOND ÉLU, SI D'AUTRES SONT INCAPABLES DE S'EN CHARGER.

VOILÀ, C'EST CE QU'IL ME FALLAIT VOUS TRANSMETTRE.

SOUVENEZ-VOUS DE MOI ET DE MON ENSEIGNEMENT.

VOTRE CHÈRE SŒUR,
HEZA SADDINGTON.

1

Belle-de-Jour, 3 novembre de l'année 2004. Quatorzième anniversaire d'Arielle Queen.

Elizabeth a organisé une fête surprise chez elle pour le quatorzième anniversaire de sa meilleure amie, Arielle. Très peu de gens y ont été invités, mais ils sont tous de bons amis des deux jeunes filles. Elizabeth a profité de l'absence de ses parents pour décorer le sous-sol, y installer sa minichaîne stéréo et garnir la table de billard, qui trône au centre de la pièce, de bonbons et de croustilles de toutes sortes, ainsi que de bouteilles de boisson gazeuse ou énergétique. Même si les invités sont peu nombreux, Elizabeth espère que la fête ne se terminera pas trop tôt. Pour une fois que sa mère et son père lui laissent la maison, il faut bien en profiter, non?

Sur la table de billard, derrière la nourriture, repose un unique paquet recouvert de papier d'emballage mauve. Cette couleur est la préférée d'Arielle, bien que cette teinte jure vilainement avec le roux de sa tignasse. À l'intérieur se trouve le cadeau qu'Elizabeth a préparé pour son amie. « Ma meilleure amie depuis le primaire ! » répète-t-elle fièrement chaque fois qu'elle parle d'elle. Le paquet contient plusieurs choses ; un « cadeau multiple », comme se plaît à le dire Elizabeth, qui renferme tout ce qu'Arielle désire pour son anniversaire. Suivant la tradition, Elizabeth a demandé à tous ses invités de participer à l'achat du cadeau. Ils lui ont tous donné un peu d'argent, à la suite de quoi elle s'est procuré les divers articles qui doivent composer ce qu'Arielle appelle le « kit de survie pour soirée ennuyeuse ». Dans le paquet, Elizabeth a tout d'abord déposé le DVD du film *Pirates des Caraïbes*, avec le beau, le magnifique, le splendide Johnny Depp. Elle a ensuite ajouté l'album *Fallen* du groupe Evanescence, sur lequel se trouve la chanson préférée d'Arielle, *Bring Me to Life*. Son amie s'étant découvert une passion pour les pirates depuis la sortie de *Pirates des Caraïbes*, Elizabeth a eu l'idée originale de mettre dans le paquet un morceau des ruines de l'ancienne ville de Port-Royal, en Jamaïque, qui a autrefois abrité bon nombre de pirates et de corsaires célèbres. On peut se procurer ces rares vestiges chez Albert Stewart, le vieux brocanteur du coin ; son fils, Alan, un plongeur expérimenté, les a rapportés de sa dernière excursion de plongée en Jamaïque.

Fait également partie du cadeau un vieux quarante-cinq tours ayant appartenu au père d'Elizabeth, sur lequel figure la chanson *Carribean Queen*, du chanteur Billy Ocean.

Arielle l'aime pour une simple et unique raison : les Caraïbes (Carribean, en anglais) s'y trouvent associées à Queen, son nom de famille. « On dirait que ça me rapproche un peu plus de Jack Sparrow… », soupire-t-elle à l'intention d'Elizabeth chaque fois que le père de celle-ci, nostalgique, fait tourner ce vieux succès des années 1980. Les deux amies sont des fans inconditionnelles du personnage de Jack Sparrow, mais plus encore de son interprète, Johnny Depp. Cela a commencé bien avant *Pirates des Caraïbes*. Elles ont le béguin pour Depp depuis qu'il a tourné dans le film *Chocolat*, aux côtés de Juliette Binoche — cette actrice est, elle, la préférée d'oncle Sim.

Les premiers invités à arriver sont les deux sœurs Quevillon, Élise et Jolaine, suivies quelques minutes plus tard par Rose Anger-Boudrias et son petit copain, Émile Rivard. C'est l'oncle Sim qui se charge de conduire Arielle. Il la dépose devant la maison d'Elizabeth à 19 heures précises, heure à laquelle Arielle et Elizabeth ont convenu de se rencontrer pour terminer ensemble leur travail d'histoire. C'est le prétexte qu'a trouvé Elizabeth pour attirer sa meilleure amie chez elle sans éveiller ses soupçons. Elizabeth n'est pas très douée en histoire, mais elle excelle en français. Elle a donc conclu une entente avec son amie : si Arielle accepte de l'aider à terminer son travail d'histoire, Elizabeth lui filera un coup de main pour sa composition de français.

Lorsqu'elle se présente à la porte, Arielle s'attend à être accueillie par Merik Quintal, le père d'Elizabeth. D'ordinaire, c'est toujours lui qui vient ouvrir, à tel point qu'Arielle se demande parfois s'il lui arrive de s'absenter de la maison. *Non mais, c'est pas possible, il est toujours ici!* se dit-elle chaque fois.

— Que fait ton père dans la vie? a-t-elle demandé un jour à Elizabeth.

Cette dernière a froncé les sourcils, trouvant la question à la fois étrange et inattendue. Visiblement troublée, elle a répondu:

— Il est apiculteur. Tu ne le savais pas?

— Apiculteur? Tu as des ruches chez toi? s'est affolée Arielle, horrifiée à l'idée d'être piquée.

— Mon père en a une vingtaine… dix-neuf, je crois… mais elles ne sont pas ici. L'exploitation se trouve dans un verger de Noire-Vallée. Mon père est spécialisé dans l'élevage de reines et dans la production de gelée royale et d'hydromel.

De l'hydromel? s'est alors répété Arielle. C'est une boisson alcoolisée, faite principalement d'eau et de miel. L'année précédente, pour Noël, son oncle Sim en avait offert une bouteille à Juliette, leur cuisinière et femme de ménage.

— Tu les as déjà vues, ces ruches?

Elizabeth a fait non de la tête.

— Trop dangereux. Je suis allergique aux piqûres d'abeille.

— Oh! je vois…

— Tu savais que l'abeille est l'un des rares insectes qu'on qualifie de «domestique»? Mais elles peuvent redevenir sauvages, a précisé Elizabeth avec le plus grand sérieux.

— Tu as peur des abeilles?

Elizabeth a hésité avant de répondre :

— Oui. Et je n'aime pas que mon père en parle. Ça me pique partout sur le corps quand il le fait, et j'ai parfois des nausées aussi.

Arielle s'en est aussitôt voulu d'avoir abordé le sujet.

— Pardonne-moi, je ne voulais pas…

— Non, non, ça va, l'a immédiatement rassurée Elizabeth. Je m'y fais tranquillement, t'en fais pas, a-t-elle ajouté, pour se redonner confiance à elle-même cette fois.

Arielle sonne donc à la porte et se prépare à saluer le père d'Elizabeth, comme à l'accoutumée, en employant la formule habituelle : « Bonjour, monsieur Quintal ! Ça va bien aujourd'hui ? » Mais contrairement à ce qu'elle a prévu, elle se retrouve face à face avec Elizabeth.

— Eli ? Mais…

Elizabeth ne comprend pas la surprise de son amie. Elle la dévisage, intriguée.

— Tu ne t'attendais pas à me voir ou quoi ? J'habite ici, tu sais.

— Ben, c'est que… je m'attendais à voir ton père et…

Arielle jette un coup d'œil au stationnement et réalise que la fourgonnette de Merik Quintal ne s'y trouve pas.

— Il n'est pas là, explique Elizabeth. Ma mère et lui sont allés rencontrer un de leurs amis archi-tecte, à Noire-Vallée, pour discuter des plans de la nouvelle chambre d'hivernage pour les abeilles.

Après un court silence, elle ajuste ses lunettes et ajoute :

— Ne reste pas là, voyons, entre !

Arielle acquiesce en silence, puis franchit le seuil de la porte. Elle retire son manteau et le donne à Elizabeth qui le range dans la penderie du vestibule. D'un pas décidé, Arielle se dirige ensuite vers la salle à manger, là où son amie et elle s'installent normalement pour faire leurs devoirs.

— Non, pas par là ! s'empresse de dire Elizabeth. Euh… on va au sous-sol.

— Au sous-sol ?

— J'ai quelque chose à te montrer avant… avant qu'on s'attaque à ce foutu travail d'histoire.

— Tu veux déjà faire une pause alors qu'on n'a même pas encore commencé ? se moque Arielle.

— Très drôle. Allez, viens, j'ai une revue qui montre des photos exclusives de Johnny Depp à la plage. Trop mignon !

Elizabeth conduit Arielle jusqu'à l'escalier, mais se dépêche de passer devant elle pour arriver en bas la première. En descendant les marches, Arielle a déjà des doutes. L'absence de Merik Quintal a contribué à lui mettre la puce à l'oreille. Mais le comportement pour le moins étrange d'Elizabeth vient de lui confirmer que quelque chose d'inhabituel se trame. *Elle est bizarre aujourd'hui. Un instant, elle paraît nerveuse, et l'autre, trop sûre d'elle-même. Et pourquoi fait-il aussi sombre ici ? À moins que…*

Mais Arielle n'a pas le temps d'aller au bout de sa pensée. Dès qu'elle quitte la dernière marche et pose un pied sur le plancher du sous-sol,

Elizabeth disparaît de son champ de vision et les lampes s'allument d'un coup. Arielle doit plisser les yeux devant l'éclat aveuglant de cette lumière aussi soudaine que douloureuse.

— SUUUURPRISE ! crient alors plusieurs personnes d'une seule et même voix.

Une fois habituée à la lumière, Arielle constate que le sous-sol a été décoré en vue de célébrer un anniversaire. *Sans doute le mien,* en déduit-elle aisément. La seconde chose qu'elle remarque, c'est la présence des invités, quoiqu'il y en ait très peu : *C'est normal, après tout,* songe-t-elle. *Je ne suis pas aussi populaire que cette sale chipie de Léa Lagacé. N'empêche… j'aurais bien aimé que le beau Simon Vanesse soit là !*

Les invités sont peu nombreux, certes, mais ils ont crié «SUUUURPRISE !» avec la force de douze ténors. Tous s'empressent de s'avancer à tour de rôle vers Arielle pour lui souhaiter un joyeux anniversaire. Elizabeth se lance la première :

— Bonne fête, chère meilleure amie ! Surprise, hein ? Ne me remercie pas !

Rose prend immédiatement le relais :

— Joyeux anniversaire, ma belle. La couette à lunettes croit vraiment qu'elle a réussi à te surprendre. Pa-thé-ti-que…

Puis vient le tour d'Émile :

— Toujours célibataire, Ariellou ? Faut te trouver un petit ami pour ton prochain anniversaire. Que dirais-tu de Simon Vanesse ? ou encore de Noah Davidoff ? Je peux leur parler pour toi, si tu veux !

— Laisse tomber! répond Arielle.

Puis elle ment de façon éhontée en affirmant qu'aucun des deux garçons ne l'attire (alors qu'elle fond littéralement pour le beau Simon). Les deux sœurs Quevillon ferment la courte procession :

— Bonne fête, Arielle Queen! Nous sommes tellement heureuses d'avoir été invitées. Et ça tombe bien : nous n'avions rien de prévu pour ce soir, tu imagines?! Elle est si charmante, cette Elizabeth. Pas autant que toi, mais quand même! Hi! hi!

— C'est trop gentil, merci, fait Arielle en s'adressant à tous.

La soirée se déroule tranquillement, même un peu trop pour certains qui trouvent ces heures d'une rare monotonie. Arielle ouvre tout d'abord son cadeau — qu'elle fait mine d'apprécier, car elle est passée récemment de Johnny Depp à Eminem, pas tant parce qu'elle apprécie le hip-hop que parce que le rappeur ressemble à Simon Vanesse —, puis Elizabeth propose de mettre de la musique et de danser (ce que personne ne fait). Ils mangent des croustilles et des friandises, et boivent des boissons gazeuses pauvres en calories. L'ennui total. Vers 22 heures, après avoir étouffé quelques bâillements, Rose et Émile demandent à Elizabeth si son père n'aurait pas de la bière quelque part, mais celle-ci leur répond qu'il n'est pas question de boire de l'alcool, en tout cas pas chez elle. Ses parents la tueraient.

— C'est l'ennui qui va nous tuer, rétorque Rose, ce qui fait rire Émile et les sœurs Quevillon.

Puis Rose se penche vers Arielle.

— Pa-thé-ti-que…, lui répète-t-elle à l'oreille.

Arielle se contente de hausser les épaules : de toute façon, elle n'aime pas l'alcool. Elle ne sait pas exactement pourquoi, mais elle déteste voir les gens s'enivrer. Un traumatisme de l'enfance, sans doute. *Ou les souvenirs marquants d'une autre vie,* songe-t-elle avec un sourire, sans y croire vraiment.

C'est à 23 heures pile que les choses se gâtent, et que cette soirée (qui sera qualifiée plus tard de « soporifique ») est interrompue. Et pas par n'importe qui. C'est Simon Vanesse lui-même qui, le premier, fait son entrée. Il apparaît brusquement dans la cave, au bas de l'escalier, sans que quiconque l'ait vu ou entendu venir.

— Bonsoir, mesdames ! dit-il. Je suis triste et déçu : il y a une fête ici ce soir et personne ne nous a invités ?

Les filles restent muettes, incapables de détacher leurs yeux éblouis du splendide Simon Vanesse, le célèbre capitaine des Blacksmith, l'équipe de hockey de l'école. Chaussé de bottes noires et vêtu d'un pantalon et d'un chandail sombres, le tout recouvert d'un long manteau de cuir qui fait étonnamment contraste avec sa chevelure blonde, presque blanche, il est encore plus beau qu'à l'ordinaire. Il paraît plus grand et beaucoup plus costaud dans cette tenue. C'est le même Simon Vanesse, mais, bizarrement, il semble avoir quelques années de plus.

— Est-il trop tard pour nous joindre à vous ? demande-t-il.

— Nous ? s'étonne Émile qui, contrairement aux filles, est insensible à son charme. Je ne vois que toi…

Simon Vanesse ne reste pas seul bien long-temps. Trois autres personnes surgissent soudainement à ses côtés ; elles ont dévalé l'escalier à une telle vitesse... c'est à peine croyable. Il y a deux filles, l'une brune, l'autre blonde, et un garçon. La fille blonde et le garçon, comme Simon, sont vêtus de cuir noir. Leurs habits se ressemblent beaucoup, mais ne sont pas identiques. La fille brune porte un uniforme moulant de couleur grise. Un ceinturon noir, semblable à un serpent, est attaché autour de sa taille, soulignant celle-ci.

— Je... je ne vous ai pas invités, déclare Elizabeth après avoir rassemblé tout son courage.

La brune, Elizabeth ne l'a jamais vue aupa-ravant, mais elle connaît la blonde ainsi que le second garçon : il s'agit de Léa Lagacé et de Noah Davidoff, respectivement la copine et le meilleur ami de Simon Vanesse. *Soit ils ont bu de l'alcool, soit ils ont pris de la drogue,* se dit-elle en les observant avec attention, *mais il y a quelque chose de pas normal, c'est certain.* Même si elle les a facilement reconnus, elle voit bien que Léa et Noah, tout comme Simon Vanesse, ne sont pas comme d'habitude : ils sont plus beaux, plus grands, plus massifs, et ils semblent plus vieux, plus matures, plus sérieux que les ados qu'elle croise habituellement à l'école. *D'accord, ils ont gagné en âge et en beauté,* pense Elizabeth, *mais ils ont beaucoup perdu en charme et en magnétisme.* Leurs traits, durs, pâles et figés, leur donnent l'aspect de statues de marbre. Il ne se dégage aucune chaleur de leur personne, aucune humanité. Un frisson traverse Elizabeth. *Ils sont dangereux,* conclut-elle sans savoir d'où lui vient cette impression. *Très dangereux.*

— Vous avez apporté de l'alcool ? demande Rose. Si c'est le cas, vous êtes les bienvenus !

Simon, Léa et la fille brune éclatent de rire. Seul Noah reste silencieux.

— De l'alcool ? répète Léa. On n'a pas besoin de ça pour s'amuser !

À cet instant, Simon s'élance et bondit sur Elizabeth, qu'il envoie rouler par terre. Léa fait de même : en un saut, elle franchit la distance qui la sépare des sœurs Quevillon, puis, d'une seule poussée, les expédie toutes les deux sur le sol. Ces dernières heurtent violemment le plancher de ciment, puis s'écroulent, évanouies.

— Aussi légères et fragiles que des poupées, lance Léa, apparemment fière de son exploit.

— Mais vous êtes fous ! s'écrie Arielle en s'agenouillant près d'Elizabeth. Vous voulez les tuer ou quoi ?

Simon se jette alors sur Rose et la gifle du revers de la main, sans la moindre considération pour Émile qui se tient tout près d'elle. Rose encaisse le coup sans broncher, ce qui ne manque pas de surprendre Simon.

— Cette gifle aurait dû te décrocher la mâchoire, dit-il en la fixant dans les yeux.

— Si elle m'avait été donnée par un vrai mec, d'accord, répond Rose avec un air de défi. Mais toi, tu n'es qu'une pauvre fillette d'alter, Nomis !

Cette déclaration ne fait qu'ajouter à l'étonnement de Simon. Dès lors, son trouble devient évident.

— Mais… comment peux-tu savoir?

Émile veut venger sa copine, mais Simon anticipe l'attaque : le pauvre garçon reçoit un crochet du droit en plein visage, avant même d'avoir fait le moindre mouvement. Il s'affaisse, sans connaissance.

Simon tente ensuite d'asséner un second coup à Rose, mais ne rencontre que le vide cette fois. Plus rapide que son agresseur, la jeune fille a évité l'assaut et s'est rapidement déplacée sur le côté avant de passer derrière lui. Emporté par son élan, Simon perd l'équilibre et Rose en profite pour lui donner un solide coup de pied entre les jambes. De la bouche du garçon s'échappe un son étouffé — «Mmpffff!» —, puis il tombe sur le sol, à quatre pattes.

— C'est bien ce que je disais, ricane Rose. Une fillette d'alter!

— Quelle sorte de créature es-tu? demande Léa en s'avançant vers Rose. Aucun humain ne peut avoir une telle puissance. Tu es une nécromancienne?

Rose éclate de rire, mais ne répond pas. Léa se tourne vers la fille brune, qui se tient toujours aux côtés de Noah Davidoff, et lui lance :

— Jorkane, qu'en dis-tu?

La dénommée Jorkane quitte alors Noah et s'approche de Léa.

— Non, déclare-t-elle en examinant Rose de la tête aux pieds, cette gamine n'est pas une nécromancienne. Mais, tu as raison, elle n'est pas humaine non plus.

Malgré la brutalité dont Simon a fait preuve à son endroit, Elizabeth est toujours consciente. Arielle, s'étant assurée que son amie va bien, l'aide à se relever.

— Partez ! ordonne Elizabeth à Léa et à ses compagnons. Quittez ma maison ou j'appelle la police !

— Et emmenez la fillette avec vous ! ajoute Rose en lançant un regard méprisant à Simon qui tente toujours de se remettre sur ses jambes.

Visiblement, le jeune Vanesse souffre beaucoup.

— On voulait juste s'amuser un peu, dit Léa.

— Vous avez une drôle de façon de vous amuser, rétorque Elizabeth.

— Allez ! dégagez ! insiste Rose. Ou c'est moi qui me chargerai de vous raccompagner à l'extérieur, et croyez-moi, ce n'est pas ce que vous voulez.

Léa échange un regard avec Jorkane, puis avec Simon qui a finalement réussi à se redresser, mais tient toujours son entrejambe à deux mains.

— Je ne sais pas qui est cette fille, mais elle est dangereuse, affirme Jorkane en désignant Rose.

— Je suis du même avis, renchérit Simon d'une voix douloureuse.

Léa demeure silencieuse. Elle évalue Rose du regard.

— D'accord, on s'en va, lâche-t-elle enfin au bout de quelques secondes. Mais on se reverra, Rosie, tu peux en être certaine.

— Mais j'y compte bien, blondinette, j'y compte bien !

C'est à ce moment qu'un troisième groupe fait son apparition dans le sous-sol. Une vingtaine d'hommes et de femmes, d'origines et d'âges divers, dévalent l'escalier à toute vitesse, comme un troupeau de cervidés. Ils sont tous armés d'épées dont la lame, étrangement, est d'une couleur bleue fluorescente. On dirait un croisement entre les sabres laser de *Star Wars* et les épées anciennes de *Highlander* !

— Des kobolds ! s'écrie Jorkane en les voyant débarquer dans la cave.

À leur tour, Léa, Simon et Noah dégainent chacun une grande épée à lame bleutée — qui, jusque-là, était restée cachée sous les pans de leur long manteau de cuir — et engagent le combat avec les nouveaux venus. Rose ne tarde pas à s'éloigner de la mêlée. Une fois à la hauteur d'Elizabeth et d'Arielle, elle leur conseille de faire comme elle et de reculer vers le fond de la pièce. Toutes les trois se réfugient derrière la table de billard. De là, elles peuvent observer les affrontements sans trop de risques.

— La brune a dit que c'étaient des kobolds ! Qui sont les kobolds ? demande Arielle.

— Ils sont aux elfes noirs ce que les goules sont aux vampires, lui explique Rose. De vulgaires laquais qui ne vivent que pour servir leur maître et recevoir la récompense suprême : l'Élévation elfique.

— L'élévation quoi ?

— Oublie ça, Arielle. Tu ne comprendrais pas.

— Tu me prends pour une idiote ou quoi?

— Un peu, oui, répond Rose pour la faire taire.

— Je n'arrive pas à croire que tout ça est en train de se passer chez moi, dans mon sous-sol…, souffle Elizabeth. Mais c'est quoi, tous ces gens? On dirait un combat entre des superhéros et des méchants.

— Excepté que ce sont tous des méchants…

— Mais qu'est-ce qu'ils font ici? Pas moyen d'organiser une petite fête tranquille sans que tous les tarés du coin débarquent!

— C'est un hasard s'ils se sont retrouvés ici en même temps, dit Rose. Ils ne cherchent pas la même chose. Les kobolds sont ici pour toi, Eli. Tandis que les alters…

— Les alters? l'interrompt Arielle. Qu'est-ce que c'est que ça, encore?

— Laisse tomber. Tu as le médaillon?

— Quel médaillon?

— De toute évidence, Noah ne te l'a pas encore remis, sinon tu saurais de quoi je parle. Mais, apparemment, Nomis et Ael veulent tout de même s'en assurer. J'ai entendu dire qu'ils ont combattu un groupe de chevaliers fulgurs près d'ici. Reivax et ses lieutenants ont probablement pensé qu'il s'agissait d'Olaf Thorvald et qu'il était venu pour remettre les médaillons demi-lunes au jeune Davidoff.

Arielle ne comprend rien à ce que lui raconte son amie.

— Chevaliers fulgurs? Médaillons demi-lunes? Mais de quoi tu parles? Et qu'est-ce que Noah Davidoff vient faire là-dedans?

— Un jour, ton oncle t'expliquera.

— Mon oncle ?

— Je parle trop, déclare Rose. Loki me l'a toujours reproché, d'ailleurs. Je vais devoir effacer cette conversation de ta mémoire…

— Ce que tu dis n'a aucun sens, Rose. Tu deviens folle ou quoi ?

— Folle, je le suis depuis quelques siècles, ma belle. Et à l'endroit d'où je viens, c'est plutôt considéré comme une qualité.

— Que fait-on d'Émile et des sœurs Quevillon ? demande soudain Elizabeth.

Tous les trois sont étendus sur le sol, inertes, non loin du lieu des combats.

— On ne fait rien pour l'instant, tranche aussitôt Rose sur un ton neutre. Ils survivront, crois-moi.

Arielle a peine à reconnaître son amie. Ce ton, ce détachement, ce n'est pas la Rose qu'elle connaît. À cela s'ajoutent ses propos délirants à propos de chevaliers, de médaillons et de mémoire effacée.

— Ils survivront ? répète Arielle. Tu en es certaine ? Tu peux prédire l'avenir maintenant ?

— C'est presque ça, Arielle chérie. Et le tien n'est pas de tout repos, tu peux me croire.

2

*Grotte de l'Evathfell,
la fontaine du voyage.
Fosse nécrophage d'Orfraie,
Bretagne,
18 novembre de l'année 2009.*

Arielle s'arrête devant le tas de pierres qui recouvre la dépouille de Razan. Elle examine le monticule en silence, puis s'agenouille devant la sépulture de son compagnon.

— J'aimerais tellement que tu sois là, murmure-t-elle après avoir doucement posé sa main sur l'une des pierres.

Derrière elle, Ael et les elfes jumeaux l'observent en silence.

— Jamais je n'aurais pu croire que tu me manquerais autant, sale vaurien, dit Arielle.

Elle passe du rire aux larmes, et vice-versa, sans le moindre contrôle. La gorge nouée, elle s'apprête à prononcer les paroles les plus douloureuses de sa vie :

— Adieu, Tom Razan.

C'est alors que les mots du dieu Tyr et de la déesse Hel refont surface dans l'esprit confus d'Arielle. «*Notre père a déjà prévu t'offrir en mariage au général Sidero, lui a révélé Hel avant leur retour sur la Terre. Tous les deux, vous formerez un couple du tonnerre! Tu imagines? Te marier avec l'assassin de Razan! C'est trop ironique!*»

— J'empêcherai cela! s'est aussitôt insurgée Arielle. Je me dresserai contre vous et mettrai fin à tout ce que vous entreprendrez!

Ce à quoi Hel a répondu : «*Bien au contraire, Arielle. C'est toi la première qui nous aideras à régner sur le monde des hommes. Des dix-neuf sœurs reines, tu seras celle qui montrera le plus de loyauté envers Loki. Tu seras la plus cruelle et la plus impitoyable! Les esclaves humains te surnommeront la Dame de l'ombre!*» Puis elle a ajouté : «*Cesse de t'apitoyer sur ton sort, ma belle. Très bientôt, tu auras oublié tout ça et tu t'afficheras fièrement en compagnie de ta nouvelle famille.*»

Arielle a alors éprouvé un profond sentiment de découragement. Par chance, Tyr est intervenu pour la rassurer : «*Tu dois choisir de croire, lui a dit le dieu. De croire que tu es toujours l'élue. De croire que la prophétie existe bel et bien, et qu'elle est véridique. De croire que les forces de la lumière triompheront un jour des forces de l'ombre. De croire en ton peuple, celui des hommes. De croire que tous les outils dont tu as besoin pour vaincre Loki et Angerboda sont encore là, disponibles pour toi.*»

— Les outils dont j'ai besoin pour vaincre Loki et Angerboda sont encore là, répète machinalement Arielle.

Elle s'attarde encore un moment sur les pierres qui recouvrent Razan, puis se relève et se tourne vers Ael, Leandrel et Idalvo. La jeune élue prend une grande inspiration, sèche ses larmes, puis s'éloigne enfin de la sépulture. Cette fois, c'est la voix et les paroles de Razan qui ressurgissent dans ses souvenirs : « Tu es dans mon cœur, petite princesse. Pour toujours. Où que je sois, je veillerai sur toi. »

Arielle s'immobilise devant Ael et les elfes.

« *La Walkyrie et ses deux elfes sont tes ennemis, Arielle,* dit la voix de Hel à l'intérieur de la jeune fille. *Tous les trois, ils t'ont menti et trahie. Ils obéissent aux ordres du Thridgur !* »

— Le temps presse, nous devons partir, lui rappelle Ael.

« *Ne te laisse pas berner de la sorte, chère sœur.* »

— Je veux savoir où sont Brutal, Noah et Jason, répond sèchement Arielle.

Ael secoue la tête.

— Nous n'avons pas le temps. Je t'ai dit que je t'expliquerai plus tard et…

Le visage d'Arielle se transforme brusquement et prend un aspect diabolique. Ses yeux s'assombrissent au point qu'on n'y distingue plus que le noir. Le noir froid et vide, pareil à celui d'un puits sans fond. Un son horrible, semblable à un long râlement creux, s'échappe de sa gorge. On la dirait possédée par un esprit malin, comme dans les films d'exorcismes.

— NON ! rugit-elle avec une voix grave et caverneuse qui n'est pas la sienne. JE VEUX SAVOIR MAINTENANT !

La voix semble provenir d'outre-tombe. Elle est si puissante et si pénétrante qu'elle fait reculer Ael et les elfes. « *Voilà, Arielle, tu commences à comprendre l'étendue de ton pouvoir… de notre pouvoir, devrais-je plutôt dire. Ha! ha! ha!* » Le rire de Hel résonne dans la tête d'Arielle au point de l'étourdir.

— Arielle, c'est bien toi? demande Ael, la fixant d'un regard à la fois scrutateur et inquiet.

Les traits crispés d'Arielle se détendent soudain et ses yeux reprennent leur couleur habituelle. Rapidement, elle abandonne son aspect de prédateur féroce et redevient Arielle Queen, la jeune élue de la prophétie.

— Ael, raconte-moi ce qui s'est passé, l'implore Arielle, de sa propre voix cette fois.

Ael consulte les deux elfes du regard avant de faire un pas prudent en direction d'Arielle.

— D'accord, mais il faut faire vite, déclare-t-elle. Nous n'avons pas pu sauver Razan, mais nous sommes arrivés à temps pour sauver Karl Sigmund.

— Kalev de Mannaheim, tu veux dire, rectifie aussitôt Arielle, se rappelant que Kalev s'est approprié le corps de Karl Sigmund, l'associé de Laurent Cardin, lorsqu'il s'est incarné sur la Terre.

Ael confirme d'un signe de tête.

— C'est bien lui. Après avoir réussi à chasser Sidero et ses alters, nous avons découvert dans la grotte le corps inerte de Sigmund… ou de Kalev, si tu préfères.

Sidero, l'assassin de Razan, se souvient Arielle. *L'homme que Loki me forcera à épouser.*

— Ensuite, poursuit la Walkyrie, nous nous sommes empressés de quitter la fosse et de nous réfugier à Manhattan, dans les souterrains du siège social de la société Volsung, propriété de Laurent Cardin et de Karl Sigmund. Nous nous sommes cachés là-bas en attendant ton retour.

— Cachés?

— La Terre a beaucoup changé, explique Ael. Notre tête est mise à prix sur tous les territoires. Nous sommes constamment pourchassés par les commandos alters de Sidero. Angerboda et Loki veulent nous capturer morts ou vifs. Ils craignent Kalev plus que tout.

— Noah, Jason, Geri et Brutal se sont réfugiés là-bas avec vous?

— Jason est venu avec nous, oui, répond Ael, hésitante. Quant à Noah et Geri, nous ne les avons jamais revus. Il est possible qu'ils se soient tous les deux matérialisés ailleurs. Depuis l'arrivée de Loki et de sa maîtresse, bien des phénomènes étranges se sont produits ici.

— Et où est Brutal?

Ael se montre de nouveau réticente à répondre.

— Il est avec Mastermyr, l'Elfe de fer, dit-elle au bout de quelques secondes.

— Quoi?

— Dès son retour à Midgard, Brutal a repris sa forme animale et l'a conservée depuis. En fait, ce n'est plus un chat, mais bien un grand félin assoiffé de sang et de chair. Il sert les peuples de l'ombre dorénavant. Rappelle-toi ce que dit la prophétie: «Au jour de la Lune noire, vautours, panthères et loups protégeront de la plèbe humaine les dix-neuf sœurs souveraines qui gouverneront les dix-neuf Territoires.»

Oui, Arielle se souvient : Brutal et Geri avaient déjà amorcé leur transformation au moment de partir pour l'Helheim, conséquence de la réunion des médaillons demi-lunes et de l'élimination présumée des alters. En réalité, ces médaillons n'avaient rien à voir avec les médaillons demi-lunes ; il s'agissait plutôt de ceux de Skol. Hel y a fait allusion dans l'Helheim, devant tous les compagnons d'Arielle : «En réunissant les médaillons de Skol, vous n'avez pas seulement permis à Loki de quitter l'Helheim à destination de la Terre. Vous avez aussi ouvert un passage pour tous nos soldats alters. Grâce au général Sidero et à ses troupes, Loki aura tôt fait de réduire l'humanité en esclavage. Il divisera ensuite les continents en dix-neuf territoires qui seront dirigés par les dix-neuf sœurs reines, dont tu fais partie, Arielle.» *Maintenant, tout le monde sait que je suis la fille de Loki,* conclut Arielle. *Et aussi l'une de ces sœurs reines qui dirigeront le monde et qui auront non seulement Loki et Angerboda comme alliés, mais aussi l'Usurpateur de la prophétie, ainsi que mon frère, Emmanuel, mieux connu sous le nom de Mastermyr, ou d'Elfe de fer.*

— Brutal n'est plus l'animalter que tu as connu, Arielle. C'est un animal dangereux aux instincts sanguinaires, qui n'a plus qu'un seul objectif : celui de te protéger, toi, sa maîtresse.

— Me protéger contre quoi ?

— Contre les hommes et tous ceux qui menacent le règne de la Lune noire.

— Pourquoi es-tu venue me chercher ici?

— Jason l'a exigé.

— Jason Thorn? C'est pour lui que tu fais ça?

Ael ne répond pas, mais elle n'a pas besoin de le faire: juste à son air, Arielle devine que c'est bien pour satisfaire le jeune chevalier fulgur qu'Ael et les deux elfes sont ici. Mais pourquoi la jeune Walkyrie semble-t-elle honteuse de l'admettre?

— Où est-il? demande Arielle. Pourquoi n'est-il pas venu avec vous?

— Il est occupé à autre chose, dit Ael.

Arielle comprend que ce n'est pas tout à fait la vérité.

— Tu sais qui est mon véritable père, n'est-ce pas?

— Tu es la fille de Loki, confirme Ael en hochant la tête.

— Si c'est bien le cas, alors, ne suis-je pas l'ennemie du maître que tu sers, Kalev de Mannaheim?

— Oui, tu es son ennemie. Et un jour nous te combattrons. Mais, pour l'instant, je dois te ramener au siège social de la Volsung.

Leandrel et Idalvo, les elfes de lumière, viennent encadrer la jeune Walkyrie. Le message est clair: en agissant ainsi, ils prouvent leur soutien indéfectible à Ael. Arielle devra leur obéir et les suivre jusqu'à New York, de gré ou de force.

Elle toise alors le trio.

— N'étiez-vous pas parmi les six protecteurs de la prophétie? les sermonne-t-elle. N'étiez-vous pas chargés de protéger les deux élus?

— Et nous avons très bien rempli notre mission, fait aussitôt remarquer Ael. Mais n'oublie pas que nous sommes aussi des disciples du Thridgur, et c'est à lui que nous devons d'abord fidélité et obéissance.

— Le Thridgur? fait Arielle qui entend ce nom pour la première fois.

— L'alliance des trois libérateurs, déclare la Walkyrie sur un ton solennel.

— Encore des libérateurs? se moque l'élue. De combien en aura-t-on besoin pour sauver cette planète, hein?

— Autant qu'il en faudra, répond résolument Ael. Mais sache que nos maîtres du Thridgur ont d'excellentes chances de réussir.

— Qui sont-ils?

— Le Thridgur est composé de Thor, du grand général Lastel et du prince Kalev de Mannaheim. Un dieu, un elfe et un homme, tous unis contre les forces du mal. Comment pourraient-ils échouer?

Arielle éclate de rire.

— Kalev est un idiot.

— C'est bien possible, concède Ael. Mais je ne juge pas l'homme selon ce qu'il est ou ce qu'il a été. Je le juge pour ce qu'il fera. Je ne suis pas une adepte de la prophétie, Arielle, et tu le sais. Mais s'il y a un homme qui peut sauver ce monde, c'est Kalev de Mannaheim.

— Et comment peux-tu en être certaine?

— Thor me l'a dit, et ça me suffit.

— Tu crois aveuglément tout ce que te raconte Thor?

— N'est-ce pas là le principe de la foi ? J'ai foi en Thor, Arielle. Il m'a accordé une seconde chance et a fait de moi la femme et la guerrière que je suis maintenant.

Arielle secoue la tête, incapable de croire qu'Ael puisse être aussi naïve.

— C'est un dieu d'Asgard, réplique-t-elle. Ce sont tous des dieux fourbes et malhonnêtes, assoiffés de pouvoir et prêts à commettre les pires trahisons pour accéder au pouvoir. Thor, Lastel et Kalev ne veulent qu'une seule chose : conquérir, puis dominer ce monde, tout comme Loki et Angerboda.

— Qui est ton dieu, Arielle ? Mais peut-être ne crois-tu en aucun dieu ?…

— Mon dieu est bon et juste.

— Juste ? Alors, tu parles de Tyr, le dieu de la guerre et de la justice ? Celui qui ose prétendre être le successeur d'Odin et d'Heimdal, et qui se fait maintenant appeler le « dieu du renouveau » ? Tyr est le plus vieux des dieux Ases, ma belle, mais aussi le plus rusé !

— Il sera mon dieu, répond Arielle, comme il sera celui de tous les hommes qui vivent librement dans ce royaume. Son nom, Tyr, signifie littéralement « dieu ». On l'appelle aussi Teiwaz ou « Ciel du jour », celui qui chassera les ténèbres et ramènera la lumière. Lorsque tous les autres dieux auront disparu après le Ragnarök, lui continuera de veiller sur nous de là-haut.

— Nous choisissons tous de croire à quelque chose, Arielle. Si, à tes yeux, Tyr représente l'espoir de l'humanité, alors tant mieux. Pour moi, le seul qui puisse réellement vous sauver, c'est Kalev de Mannaheim, votre prince, votre roi.

Leandrel juge bon d'intervenir dans la discussion, afin de rappeler à la Walkyrie qu'ils doivent se hâter de quitter la fosse.

— Cette fois, lui rappelle-t-il, nous ne devrons pas seulement combattre les alters de Sidero, mais aussi leur nouvel allié, l'Elfe de fer.

— Mais comment un elfe peut-il s'associer à Loki et aux alters ? s'indigne Idalvo. Qu'ils appartiennent au clan de l'ombre ou à celui de la lumière, les elfes combattent ces démons depuis tant d'années !

— Mastermyr est mon jumeau, comme Leandrel est le tien, répond Arielle. Nous sommes donc du même sang, ce qui implique que l'Elfe de fer est aussi le fils de Loki.

« *Tout à fait*, renchérit Hel à l'intérieur d'Arielle. *Emmanuel est notre frère. Le seul et unique mâle de la grande famille Queen. Loki a une petite préférence pour lui, mais peut-on le lui reprocher ?* »

On entend soudain un rugissement de félin, qui résonne dans toute la grotte.

— L'Elfe de fer est ici avec sa troupe d'élite, dit Ael. Il faut partir maintenant.

Le rugissement retentit de nouveau.

— Mon Dieu, c'est Brutal…, souffle Arielle.

3

Lorsqu'il ouvre les yeux, Geri est soulagé de constater que Freki et lui ont quitté l'Helheim.

Le royaume des morts est entièrement détruit à présent. Grâce à Arielle, les âmes des décédés ont été libérées de leur prison de glace et ont enfin trouvé le repos éternel. Les élus et tous leurs compagnons sont parvenus à quitter l'Helheim avant son anéantissement. Tous, sauf Geri, qui est demeuré derrière, mais qui, heureusement, a été secouru au dernier instant par Freki, son vieil ami, lui aussi libéré de la prison des morts.

— Où sommes-nous ? demande Geri qui ne reconnaît pas l'endroit où il s'est éveillé.

Freki se tient toujours à ses côtés. Il n'a pas rêvé.

— Nous sommes dans la cité d'Asgard, au palais des dieux Ases. Odin nous attend.

— Le dieu Odin ? T'es sérieux ?

— Plus sérieux que jamais.

Geri s'est bien éveillé, oui, mais il n'était pas vraiment endormi. Il ne se trouvait ni sur le sol ni dans un lit quand il a ouvert les yeux, mais devant un large portail. Lorsque les portes s'ouvrent devant eux, les deux animalters s'avancent et pénètrent ensemble dans la pièce à laquelle ils ont désormais accès. Contrairement à ce à quoi Geri s'attendait, il ne s'agit pas d'une vaste salle au plafond voûté et aux murs étincelants le long desquels s'alignent piliers et colonnes d'or, bien au contraire : la pièce où ils aboutissent ressemble davantage à une petite bibliothèque qu'à une salle du trône du genre de celle où on s'imaginerait qu'Odin, le dieu suprême d'Asgard et des peuples du Nord, passe ses grandes journées.

La bibliothèque est une petite pièce carrée, sombre et silencieuse, au centre de laquelle trône un secrétaire. Derrière se trouve un vieil homme chauve et barbu, confortablement installé dans un fauteuil rembourré, occupé à lire un livre. *Alors, c'est lui, Odin ?* songe Geri, à la fois fasciné par le vieil homme et intimidé à l'idée de se trouver devant le père de tous les dieux Ases, celui qui, jadis, a tué le géant Ymir dont le cadavre a servi à créer la planète Terre.

« *Oui, c'est bien moi* », confirme la voix d'Odin dans l'esprit de Geri. Le dieu a parlé sans même lever les yeux de son livre. Deux autres fauteuils, face au secrétaire, attendent d'être occupés. Lorsque les deux animalters font leurs premiers pas dans la pièce, le dieu interrompt enfin sa lecture et, d'un signe, les invite à y prendre place.

— Geri, Freki, heureux de vous revoir, déclare le vieil homme d'une voix posée.

Les deux dobermans s'installent dans les fauteuils. Freki est le premier à parler. Il regarde tout d'abord Geri, puis se tourne vers Odin :

— Il ne se souvient pas, maître.

Le dieu leur adresse à tous deux un sourire.

— C'est normal, ne t'inquiète pas, mon bon Freki.

Odin s'attarde ensuite sur Geri. Il fixe son regard perçant sur lui. Le doberman a le sentiment que le dieu scrute ses pensées, ou peut-être même son âme, à la recherche de quelque chose qui s'y trouverait caché depuis bon nombre d'années, comme un souvenir enfoui au plus profond de lui-même qu'Odin chercherait à faire ressurgir. Soudain, il se produit comme un déclic dans l'esprit de Geri. Une partie de sa mémoire, qui avait été effacée, ou peut-être seulement refoulée, semble à présent se raviver. Les souvenirs remontent doucement à la surface : Geri se revoit en compagnie de Freki, il y a de cela plusieurs années. Leur apparence n'est pas la même. Ils ressemblent beaucoup plus à des loups qu'à des chiens. Tous les deux font face à Odin, comme c'est le cas aujourd'hui, mais, cette fois, le dieu est bien dans la salle du trône et se trouve perché sur celui-ci. Le siège royal domine la salle et tous ceux qui se sont réunis à sa base, devant les marches.

Geri et Freki ne sont pas seuls avec Odin dans la salle du trône. Il y a une autre personne avec eux : un homme âgé d'une vingtaine d'années.

Geri ne le connaît pas, mais se souvient qu'Odin l'a appelé par son nom : Silver Dalton. Les souvenirs de Geri débutent au moment où Odin achève sa discussion avec le jeune homme :

— Adiasel a bien fait de t'envoyer, déclare le dieu. Va maintenant, et fais ce qu'on attend de toi.

— Oui, mon maître, répond Dalton en posant un genou par terre et en baissant la tête. Ce sera fait !

L'homme se relève, tourne les talons et s'éloigne du trône. Il passe devant les deux dobermans sans les saluer, puis quitte la salle. Geri et Freki s'avancent alors vers Odin et s'immobilisent à ses pieds, comme Silver Dalton avant eux.

Le grand créateur des neuf royaumes les accueille avec bonne humeur :

— Geri le Glouton et Freki le Vorace ! Mes deux loups les plus fidèles et les plus valeureux !

— À votre service, maître ! répondent ensemble les deux compagnons, honorés.

— Croyez bien que je n'aime pas me séparer de vous, mes amis, mais certaines de mes créatures habitant Midgard ont besoin de vous.

— Quelle que soit notre mission, nous l'acceptons, maître, affirme Freki avec aplomb.

Odin acquiesce d'un air satisfait : il n'en attendait pas moins de ses deux serviteurs.

— Dès ce soir, poursuit-il, vous quitterez Asgard et l'Asaheim pour vous rendre sur la Terre, en l'an 1996. Là-bas, votre tâche sera d'assurer la protection du second élu. Vous devrez trouver un moyen de vous faire adopter par la famille Davidoff.

— L'élu s'appelle Noah, n'est-ce pas? demande Geri.

— Nazar Ivanovitch Davidoff, précise Odin.

— Nous le protégerons au péril de notre vie, soyez-en certain, déclare Freki.

— Sur la Terre, vous vous incarnerez sous la forme de dobermans.

— Des dobermans? intervient Geri, déçu. Vraiment?

Freki se tourne vers son compagnon et le fustige du regard. Geri sait très bien ce qu'il aurait envie de lui dire : «Non mais, tu es fou! Comment peux-tu t'adresser ainsi au maître suprême d'Asgard?»

— Ils sont parmi les meilleurs chiens de garde, explique Odin. Ils sont grands et sveltes, ce qui vous permettra d'être encore plus rapides et agiles, et donc plus efficaces. Mais le plus important, c'est que cette apparence vous permettra également d'infiltrer les organisations alters, comme celle de Reivax. Il n'y a que très peu d'animaux sauvages chez les animalters; les loups, les fauves et les vautours sont considérés comme imprévisibles et violents. Les alters ont beaucoup de mal à les domestiquer, c'est pourquoi, le plus souvent, ils préfèrent recruter des chats et des chiens.

— Ne risquons-nous pas d'être un jour ou l'autre démasqués?

Odin fait non de la tête.

— Pour cela, il faudrait que vous commettiez une erreur qui vous trahirait. Mais vous en serez incapables. Votre mémoire sera entièrement effacée, comme celle de Silver Dalton, mais votre instinct vous poussera tout de même à protéger le jeune Davidoff coûte que coûte.

— Au fait, qui est ce Silver Dalton ? demande Geri.

— Ça suffit, idiot, murmure Freki entre ses dents. Ton insolence va nous faire décapiter tous les deux !

— J'ai permis qu'on envoie des centaines de milliers de créatures sur la Terre, répond Odin qui ne semble pas se formaliser de l'impertinence de Geri. Pour aider les hommes, entre autres, mais surtout pour préserver l'équilibre entre les forces du mal et celles du bien. C'est essentiel à la survie des hommes. Silver Dalton fait partie de ces êtres exceptionnels qui aideront les élus dans leur quête, tout comme vous. Allez maintenant, et faites ce qu'on attend de vous.

— Oui, mon maître, répondent Geri et Freki. Ce sera fait !

Il y a un éclat de lumière, et c'est à ce moment que Geri quitte l'univers de ses souvenirs pour reprendre contact avec la réalité ainsi qu'avec le temps présent. Il est de retour dans la bibliothèque d'Asgard. Freki et lui n'ont pas quitté leurs fauteuils respectifs, et Odin les fixe toujours, de l'autre côté du secrétaire.

— Tu te souviens maintenant ? lance-t-il.

Geri acquiesce, puis se tourne lentement vers Freki et le gratifie d'un large sourire.

— Alors, toi et moi, on est vraiment des loups ?

Freki répond par l'affirmative.

— Et pas n'importe lesquels, ajoute Odin.

— Génial ! Absolument génial ! se réjouit Geri.

— Ce qui est encore plus extraordinaire, ajoute le dieu, c'est que votre mission n'est pas encore terminée. Il s'avère que le second élu n'est pas Noah Davidoff, comme nous l'avions pensé au départ, mais bien Razan. Mon fils Thor et cet arriviste de général Lastel ont cru à tort pouvoir me le cacher. Quoi qu'il en soit, c'est Razan que vous devez protéger maintenant, et non le jeune Davidoff. De toute façon, ce dernier subira le même sort que tous les autres Davidoff de sa lignée : comme ce n'est pas lui qui a accompli la prophétie, il sera tôt ou tard plongé dans une inéluctable et irréversible démence.

— Alors, ce que m'a raconté Freki est vrai ? demande Geri. Razan est toujours vivant et il faut aller le secourir ?

— La jeune Walkyrie et les deux elfes sont restés fidèles à mon fils et au général Lastel. Leur but est de défaire les alters et de placer ce Kalev de Mannaheim sur le trône de Midgard.

— Mais n'est-ce pas là la meilleure chose à faire ? intervient Freki. Kalev de Mannaheim n'est-il pas le digne successeur de Markhomer, le souverain légitime de Midgard ?

Odin semble à la fois surpris et ébranlé par la question. Visiblement, il ne s'attendait pas à ce qu'on la lui pose. Il hésite un moment avant de répondre.

— Peut-être, dit-il finalement. Oui, peut-être que Kalev de Mannaheim est le digne souverain de Midgard et de Mannaheim, mais votre mission a toujours été uniquement de protéger le second élu de la prophétie. C'est tout ce que vous avez besoin de savoir, et c'est tout ce que vous devez accomplir. Entendu?

Geri et Freki sont tous les deux surpris par l'attitude de leur dieu et maître. Pourquoi ce trouble et cette soudaine hésitation? Ce n'est pas dans les habitudes du grand créateur de se comporter ainsi.

— Ael et les deux elfes gardent Razan prisonnier dans un repaire souterrain, les informe Odin après avoir retrouvé son calme. Le repaire est situé sous un bâtiment appartenant à Karl Sigmund, l'être humain dans le corps duquel s'est incarné Kalev de Mannaheim à son arrivée sur la Terre. Ael et Kalev comptent se servir de la fortune accumulée par Sigmund et son associé, Laurent Cardin, pour mener leur combat contre Loki et Angerboda. Au cours de la dernière année, Kalev et ses complices ont recruté des milliers de chevaliers fulgurs qui, grâce aux dons que leur a accordés Thor, sont venus rapidement s'ajouter aux troupes déjà existantes.

— Alors, Jason Thorn est le complice d'Ael? demande Geri.

— Non. Il est en fait le seul chevalier fulgur à s'être opposé à Ael. Lorsqu'ils sont revenus de l'Helheim, Jason a aidé Ael et les elfes à combattre les alters de Sidero, puis à les chasser de la grotte de l'Evathfell avant qu'ils ne s'en prennent à Razan et à Kalev. Voyant qu'Arielle, Noah et toi ne reveniez pas de l'Helheim, Jason s'est laissé convaincre par Ael de raccompagner Kalev dans son repaire de New York. Et c'est seulement une fois là-bas que Jason a réalisé ce qu'Ael et les elfes mijotaient. Il a vite compris que, malgré ses prétentions, la jeune Walkyrie est demeurée fidèle à Kalev et que les deux elfes de lumière obéissent aux ordres du Thridgur, une espèce de triumvirat regroupant Kalev, Thor et le général Lastel.

« Dès qu'ils se sont retrouvés à l'abri des alters dans le repaire souterrain, Kalev n'a manifesté du désir que pour une seule chose, et ce désir s'est transformé en véritable obsession : il exigeait qu'on lui rende son corps, celui que Razan lui a volé, dit-il. Et c'est ce à quoi s'acharnent Ael et les autres depuis presque un an maintenant : permettre à Kalev de se réapproprier ce corps qui serait le sien. Depuis le tout début, Jason refuse de les aider. Si Kalev souhaite retrouver ce corps, selon lui, c'est pour mieux se faire passer pour Razan et ainsi berner Arielle Queen.

— Et il a bien raison, soutient Geri. Je suis certain que si nous ne l'arrêtons pas, ce faux jeton de Kalev forcera Arielle à l'épouser !

— Jason Thorn le croit aussi, poursuit Odin. C'est pourquoi ils l'ont enfermé dans la même cellule que Razan. Ael est toujours amoureuse de Jason, bien sûr, et elle tente par tous les moyens de le rallier à sa cause. En vain. Elle est même retournée à la grotte de l'Evathfell avec les elfes pour attendre le retour d'Arielle. Elle souhaite lui faire quitter la fosse d'Orfraie avant l'arrivée de l'Elfe de fer et de ses troupes. La jeune Walkyrie espère ainsi démontrer sa bonne foi à Jason. Elle est certaine que cela lui permettra de retomber dans les bonnes grâces du jeune homme, mais elle se trompe : toute sa vie, Jason Thorn demeurera fidèle à son serment d'origine. Il luttera contre vents et marées pour protéger et servir les deux élus de la prophétie, contrairement à tous ces nouveaux fulgurs qui n'obéissent dorénavant qu'à un seul maître : mon fils, Thor.

— J'ai toujours su qu'on pouvait lui faire confiance, à ce cow-boy, observe Geri.

Freki ne tient pas compte de la remarque.

— Maître, déclare-t-il, vous dites qu'il y a près d'un an que Kalev cherche à récupérer le corps de Razan. Et il n'y est toujours pas arrivé ? Étrange, non ? Il suffit pourtant que Razan soit endormi pour que Kalev parvienne à s'infiltrer dans son corps et à le lui voler, je me trompe ?

— Ce serait vrai en temps normal, répond Odin. Mais quelque chose préserve Razan. Une barrière protectrice que ni Ael, ni les elfes, ni Kalev lui-même ne sont en mesure de briser ou de franchir. Cette protection lui vient de son sang berserk. Markhomer et son fils Kalev appartiennent à un ancien groupe de guerriers berserks, appelé le « clan de l'Ours ». Lorsque la personnalité de Razan s'est séparée de celle de Kalev, elle a apparemment conservé cet héritage berserk. Kalev, lui, n'en a gardé aucune trace. Que Razan dorme ou pas, ça n'a pas d'importance. Le clan de l'Ours veille sur lui.

— Et notre mission est d'aller le libérer de sa prison, c'est bien ça ? demande Geri.

— Et de le ramener à Arielle, ajoute Odin. Avant que…

Le dieu s'interrompt. Il hésite encore une fois à poursuivre, comme si lui-même ne souhaitait pas entendre ce qu'il s'apprête à révéler aux dobermans.

— Allez-y, très cher Odin, dit Geri pour tenter de le rassurer. Après tout ce qu'on a vécu, Freki et moi, il n'y a plus rien pour nous surprendre ni même pour nous offusquer, croyez-moi.

— D'accord, répond le dieu. Alors, écoutez-moi bien, car c'est très important : vous devez réunir Razan et Arielle avant que la jeune élue ne prête serment d'allégeance à Loki.

— Quoi ? fait Geri. Arielle, un serment d'allégeance ? Mais attendez un instant…

— Il est écrit qu'Arielle Queen, croyant son amoureux disparu, rejoindra les peuples de l'ombre, tout comme ses dix-huit sœurs. Seul le retour de Razan peut empêcher cela.

4

*— Que ferais-tu à ma place?
s'écrie Noah à l'intérieur du
vortex. Je suis un descendant des
Varègues de Novgorod et n'ai
qu'un seul destin: celui de régner
sur mon peuple, les hommes.*

«Ne t'inquiète pas, jeune descendant de David le Slave, tu as encore un rôle important à jouer. Tout n'est pas fini pour toi. Tu n'en as gardé aucun souvenir, mais je t'ai déjà aidé par le passé. Aujourd'hui, je t'aiderai encore. Ensemble, nous tâcherons de t'éviter la non-existence, un châtiment qui t'a été imposé injustement. Es-tu prêt à me faire confiance?»

Cette voix et ces paroles, ce n'est pas la première fois que Noah les entend.

— Je ne peux pas laisser Kalev de Mannaheim me voler mon trône, poursuit-il. Ce serait terrible pour l'humanité. Et tu sais quoi? Arielle Queen sera ma reine. Que les dieux m'entendent: je ne laisserai jamais personne me la prendre! Jamais! Elle m'aimera ou…

— … mourra ? achève le spectre de Thornando. Espèce de sale ordure !

— Ça, tu ne le sauras jamais, Tomasse.

Noah ne s'attendait pas à rencontrer, pendant son voyage de retour vers la Terre, le véritable propriétaire du corps qu'il occupe depuis que l'entité qu'il formait avec Razan et Kalev s'est fractionnée en trois personnalités distinctes. De retour à Midgard après sa rencontre avec Thor et le général Lastel au palais Gladsheim, Noah n'avait eu d'autre choix que de s'incarner dans le premier corps disponible. Thornando ayant perdu conscience, c'est vers lui que s'était dirigée l'âme errante de Noah. Le garçon avait dû choisir entre occuper le corps de Thornando ou errer à jamais dans les limbes, il n'y avait pas d'autre solution. Il avait opté pour la survie, même si cela risquait de menacer l'existence même de Tomasse. C'était la seule chose responsable à faire, selon Noah. La voix mystérieuse qui lui avait parlé au nom des Quatre ne lui avait-elle pas affirmé qu'il était le digne descendant des Varègues de Novgorod ? « *Nazar est ton nom, tu en es l'unique propriétaire,* lui avait dit la voix. *Nazar Ivanovitch Davidoff, le couronné… C'est toi, le futur roi de Midgard. Kalev de Mannaheim appartient au passé, tout autant que son père vaincu. Les hommes d'aujourd'hui ont besoin d'une nouvelle lignée de souverains. Une lignée plus forte, plus digne, plus honorable. Sois bon, et offre-leur ta propre lignée, celle de David le Slave, lui-même descendant de la lignée des grands Varègues de Novgorod. Toi, Nazar, fils des Rùs, joins-toi aux Quatre. Ensemble, je te le promets, nous ferons de Midgard un véritable paradis. »*

Une lumière blanche, circulaire, apparaît enfin à l'extrémité du vortex.

— Voici la sortie, lance Noah, soulagé. De l'autre côté de cette lumière, il y a Midgard.

— Ne me laisse pas ici ! l'implore l'esprit tourmenté du chevalier fulgur Thornando. Je t'en supplie ! Je vais devenir fou ! Le temps n'existe plus dans cet endroit ! Emmène-moi ! Même si je meurs, ce sera une délivrance. Mieux vaut mourir que de rester ici éternellement, sans personne à qui parler, sans autre chose à faire que penser !

« Kalev s'appropriera ta couronne et régnera à ta place sur le monde des hommes. Mais pas pour très longtemps, car nous, les Quatre, le priverons rapidement de son trône en l'assassinant. Tu vois, jeune Davidoff ? Si tu acceptes de venir avec nous, tu ne sauveras pas seulement ta propre vie, mais aussi celle de tous tes sujets. »

— J'aurais bien voulu, Tomasse, lui confie Noah sur un ton faussement désolé, mais je préfère ne prendre aucun risque. Qui me dit que tu n'essaieras pas de récupérer ton corps lorsque nous reparaîtrons sur la Terre ? Ce que j'ai à faire, là, en bas, est beaucoup plus important que ta misérable vie… et celle de bien d'autres.

— Je te maudis, Noah Davidoff ! Je te maudis à jamais !

Le cri désespéré de Thornando est la dernière chose que perçoit Noah avant de quitter le passage :

— NOOOOOOOOOOOOOOOOOON !!

Lorsque Noah ressurgit de l'autre côté, dans le monde des vivants, le hurlement de Thornando est aussitôt remplacé par la voix des Quatre. Noah est soulagé. Elle résonne de nouveau dans sa tête, amicale et apaisante, comme pour accompagner son retour, pour éviter qu'il ne soit trop brusque : « *Tu n'en as gardé aucun souvenir, répète-t-elle, mais je t'ai déjà aidé par le passé. Aujourd'hui, je t'aiderai encore, car nous sommes ceux qui viendront après, nous sommes l'avenir...* »

La voix quitte alors l'esprit du garçon et poursuit dans la réalité :

— Nous sommes à la fois le sanctuaire et l'enfer. Et nous ne sommes pas seuls, tous les quatre, nous sommes légion. Joins-toi à nous, Nazar, et tu seras sauvé.

Noah ouvre les yeux. Il est étendu sur un lit à baldaquin au matelas fort confortable. Le jeune homme lève la tête et regarde autour de lui. Il se trouve dans une grande chambre, luxueuse et somptueusement décorée. Les murs sont ornés de tapisseries et d'objets anciens qui valent sans doute très cher. Face au lit, à l'autre extrémité de la pièce, on peut voir une immense cheminée de pierre, assez haute et large pour qu'un homme puisse s'y tenir debout. *On se croirait à l'époque médiévale*, songe Noah en repensant à certains films de cape et d'épée.

Ce n'est qu'à ce moment qu'il remarque la présence de la jeune fille. Elle est assise sur le lit, tout au bout du matelas. Il aurait pourtant juré qu'elle n'y était pas il y a deux secondes à peine.

— Nous t'avons réservé notre plus belle chambre, lui dit-elle.

Noah reconnaît tout de suite la voix — c'est elle qui parlait au nom des Quatre —, mais plus il étudie la jeune fille, plus ses traits lui paraissent familiers. *Mais bon sang, c'est...*

— Rose? Mais qu'est-ce que tu fais ici? Et où sommes-nous?

— Ne t'en fais pas, nous sommes bien à l'abri dans un des châteaux du Nordland.

Trois autres personnes font leur entrée dans la chambre. Parmi elles, Noah reconnaît Émile, le copain de Rose, ainsi que le mystérieux Lukan Ryfein, son voisin de cellule dans la Tour invisible ; il se souvient d'avoir eu une conversation avec lui tout juste avant son départ pour l'année 1945 en compagnie de Bryni et de Brutal. La troisième personne, Noah ne la connaît pas. Il s'agit d'un grand homme plutôt costaud, aux traits durs et marqués, le genre de type au caractère ombrageux qui n'entend pas à rire.

Émile, Ryfein et l'inconnu saluent discrètement Rose et Noah, puis s'avancent vers le lit à baldaquin. Noah se rappelle soudain une chose que Ryfein lui a dite dans la Tour invisible : « Mes partenaires sont plus humains que moi et ils sont mieux intégrés au monde des hommes. Ils ont des noms humains, des familles humaines. Mais vous ne découvrirez leur identité qu'au jour de la Lune noire. » Se peut-il que Rose et Émile soient les partenaires auxquels Ryfein avait alors fait allusion ? Si c'est bien le cas, alors ça signifie que le jour de la Lune noire est bel et bien arrivé ?...

— Oui, il est arrivé, répond aussitôt Rose, comme si elle avait lu dans ses pensées. Mais il y a déjà un an de cela. Depuis, nous vivons ce que les hommes appellent «le règne de la Lune noire». Certaines choses devaient être accomplies avant ton retour, et d'autres, préparées. C'est pourquoi nous avons volontairement retardé ton arrivée sur la Terre. Il s'est passé plus d'un an depuis ton départ de l'Helheim, Nazar. Si ça peut te rassurer, tu n'es pas le seul à avoir vécu pareille situation.

L'incompréhension se lit sur le visage de Noah.

— Pourtant, je suis certain que mon passage dans le vortex n'a pas duré plus d'une minute ou deux et…

— Le temps n'est pas seulement relatif, le coupe Rose, il est aussi malléable. Et il arrive parfois que des êtres supérieurs arrivent à le modifier.

— Que s'est-il passé durant cette dernière année?

— Une chose, essentiellement: la guerre. Et elle fait encore rage.

— Qui est en guerre?

— Les hommes.

— Et contre qui se battent-ils?

— Contre nous.

Noah n'est pas certain de comprendre.

— Les hommes sont en guerre contre les Quatre, explique la jeune fille. Heureusement, nous possédons aussi une armée, celle du général Sidero. En plus des commandos de super alters dirigés par Sidero, nous bénéficions également du soutien des autres alters, ceux que les élus croyaient avoir éliminés en réunissant leurs médaillons. Je sais, tu étais là, et tu les as vus disparaître de tes propres yeux, mais il s'agissait d'une simple ruse. Ils se sont bien volatilisés quand les médaillons sont entrés en contact, mais pour réapparaître aussitôt dans l'Elvidnir, où ils ont été intégrés aux forces de Sidero. Le lendemain de l'éclipse, ils étaient tous de retour sur la Terre. C'est ce jour-là qu'a débuté la guerre. Nous avons remporté presque toutes les batailles depuis, et nous avons commencé à redéfinir les frontières des pays conquis. Onze des dix-neuf Territoires sont déjà créés, conclut Rose.

— Qui es-tu ? lui demande ensuite Noah. Tu n'es pas la Rose que je connais, j'en suis convaincu.

Derrière la jeune fille se dressent maintenant Émile, Ryfein et l'inconnu. Ils ont traversé la pièce et sont venus se placer tout près d'elle, en bons gardes du corps. Elle jette un coup d'œil à ses compagnons par-dessus son épaule, puis revient à Noah.

— Tu as raison, dit-elle. Je ne suis pas Rose. Mon nom est Angerboda.

Noah se redresse brusquement dans le lit.

— Quoi ?! La maîtresse de Loki ?

— Tout à fait, répond Émile à la place de Rose. Et je t'assure que c'est une sacrée maîtresse ! Quant à moi, gamin, tu crois vraiment que je suis Émile ? Ce magnifique corps, jeune et robuste, est bien le sien, je te l'accorde. Mais son âme, elle, a disparu depuis longtemps. Quelle tristesse ! J'ai dû la laisser filer afin de me tailler moi-même une petite place, exactement comme tu l'as fait avec ce pauvre Thornando. Ma foi, ces vols de corps sont devenus une véritable épidémie !

— Loki, devine Noah sans grand enthousiasme. Tu es… Loki.

— Bonne réponse, gamin ! Tu gagnes un voyage dans les Caraïbes, toutes dépenses payées ! Un cadeau d'une valeur de plus de trois mille dollars !

Rose prend la main de Noah dans la sienne pour le rassurer.

— Ne t'inquiète pas, Nazar, fait-elle, nous sommes ta famille maintenant. Voici mes fils, Fenrir et Jörmungand, ajoute-t-elle en désignant Ryfein et l'inconnu aux traits burinés. Ne manque plus que notre fille Hel, et la famille sera au grand complet.

— Tu oublies mes dix-neuf filles, les sœurs reines, intervient Loki.

Angerboda se tourne vers son amant, le dieu du mal, et le regarde droit dans les yeux.

— Elles font partie de TA famille, lui dit-elle sans cacher son irritation, non de la mienne !

— Tu ne vas pas recommencer, Angie ? rétorque Loki avec la voix d'Émile. Tu sais que nous avons besoin d'elles pour gouverner ce foutu royaume de dépravés et…

Angerboda lève son index pour l'interrompre.

— Je ne souhaite pas ravoir cette discussion, Loki, mais tu connais ma position à ce sujet : je trouve dangereux de faire appel à ces élues Queen. Tu es leur père, d'accord, mais combien d'enfants se révoltent contre leurs parents, hein ? Ils le font tous, par Ymir ! Tous !

— Inutile de blasphémer, femme! la sermonne aussitôt Loki. Les sœurs reines ne désobéiront jamais à leur père, tu m'entends? Jamais! Je ne le permettrai pas!

— Père, mère, calmez-vous, les supplie Fenrir. Ce n'est pas le moment...

Mais Angerboda n'écoute rien, pas plus que Loki.

— Tu crois vraiment qu'Arielle Queen t'obéira au doigt et à l'œil? Peut-être que ton charme opérera avec les autres, mais tu risques d'avoir beaucoup de problèmes avec cette gamine, c'est moi qui te le dis!

L'allusion à Arielle fait ressurgir un souvenir douloureux dans l'esprit de Noah, celui de sa dernière discussion avec la jeune fille, tout juste avant son départ de l'Helheim: «Non, laisse-moi finir, l'avait-il suppliée. Écoute... je t'aime, Arielle.» Puis, après avoir repris ses sens, il avait ajouté: «Voilà, je l'ai dit.»

Arielle avait pris la main du garçon dans la sienne. Noah n'avait pas aimé la façon dont elle l'avait regardé. Elle le regardait avec... pitié. «Je sais que tu es amoureux de moi, Noah. Et à certains moments, j'ai cru t'aimer, moi aussi. Mais... je me trompais, tu comprends?»

«Ce que tu aimais en moi, c'était Razan, n'est-ce pas?» Il se souvient qu'Arielle avait acquiescé, et de la souffrance que cela lui avait causée. «Razan représente tout ce que j'ai toujours détesté. Si tu l'aimes, alors ça signifie que tu ne vaux pas mieux que lui, Vénus!» C'est alors qu'il s'était élancé dans l'ouverture du vortex, amer et déçu de l'attitude de sa bien-aimée.

Elle ne m'aime pas, se dit Noah. *Elle ne m'a jamais aimé. Mon Dieu, ça fait si mal…*

La discussion animée qu'ont Angerboda et Loki le tire de ses pensées.

— Ne trouves-tu pas qu'Arielle nous a suffisamment causé de soucis jusqu'à maintenant?

— Arielle gouvernera le plus important de nos territoires, soutient Loki. Emmanuel et sa sœur seront nos plus fidèles lieutenants, comment peux-tu en douter?

— Arrêtez! s'écrie soudain Noah. Arrêtez de parler d'Arielle, pour l'amour du ciel!

Angerboda et Loki, surpris par l'intervention du jeune homme, l'observent en silence pendant un moment, puis éclatent de rire. Ils sont rapidement imités par leurs deux fils, Fenrir et Jörmungand.

— Mais voyons, du calme, jeune Davidoff, lui dit Angerboda. Ce genre de discussion est fréquent entre les membres d'une même famille, et les dieux ne font pas exception: il leur arrive de se quereller, tu sais, tout comme il leur arrive de festoyer ensemble.

— Mais dis-nous, Nazar, que penses-tu d'Arielle Queen? Tu lui ferais confiance, toi?

Noah ne répond pas. Tout ce qu'il a vécu depuis son réveil paraît surréaliste. Il n'arrive pas à croire que les Quatre, ceux en qui il a fondé tant d'espoirs, soient en réalité les créatures les plus viles que l'univers ait jamais connues. Comment peut-il croire maintenant à tout ce que ces imposteurs lui ont dit à propos des Varègues de Novgorod et de son futur règne? Son rêve vient de s'effondrer. Que lui reste-t-il à présent ? Comment peut-il espérer conquérir le cœur d'Arielle, lui qui avait prévu se servir de son titre de roi pour la convaincre de l'épouser ?

— Je ne fais pas partie de votre famille, déclare-t-il enfin. Vous vous trompez sur toute la ligne. Je… je ne m'associerai jamais avec des démons ! Non… je ne vous aiderai pas. Vous m'avez menti !

— Des démons ? répète Loki, visiblement offusqué.

— Il ne comprend pas, affirme Jörmungand, tout aussi indigné que son père. Mais qu'espériez-vous ? Ce n'est qu'un pauvre humain, après tout !

— Il faut lui donner du temps, réplique Fenrir, beaucoup plus modéré que son frère.

— Des démons ! s'étonne encore une fois Loki. Sache qu'il n'y a aucun démon ici, mon garçon. Que des dieux ! Il n'y a que des dieux !

— Des dieux du mal, oui, rétorque Noah. Quelle est la différence ?

— Ne parle pas ainsi, Nazar, lui dit Angerboda sur un ton beaucoup plus conciliant. Nous avons besoin de ton aide. Bien qu'il demeure caché, Kalev de Mannaheim prétend déjà qu'il est le roi de Midgard. Et les derniers humains ont décidé de lui accorder leur confiance, tu imagines ?

— Pauvres idiots ! s'emporte Jörmungand. Après tout ce que nous avons fait pour eux !

— Il n'y a pas que notre famille qui ait besoin de toi, reprend Angerboda. Tes frères humains aussi attendent la venue du descendant des Varègues de Novgorod. Tu ne peux pas laisser ce fou de Kalev les diriger à ta place. Le trône de Midgard te revient. Les hommes ont besoin d'un roi qui soit bon, fort et intelligent. Ils l'ignorent encore, mais Kalev causera leur perte. Dès qu'il croira avoir réuni assez d'hommes et de chevaliers fulgurs, cet idiot lancera une attaque contre nous. Mais cette offensive est vouée à l'échec, Nazar.

— Kalev, Ael et leur petite bande de minables ne sont pas de taille à lutter contre nous, renchérit Jörmungand. Sidero et ses super alters les anéantiront dès la première bataille.

Angerboda plonge son regard dans celui de Noah.

— Mon fils a raison, assure-t-elle. Si tu ne te proclames pas souverain des hommes, Kalev aura le champ libre pour mener ces derniers à l'abattoir. Les hommes disparaîtront de la surface de la Terre, Nazar. Pour toujours. L'extinction pure et simple de ta race, c'est ce que tu veux ?

Noah fait non de la tête.

— Alors ? s'impatiente Loki. Quelle est ta réponse, Davidoff ?

Après avoir réfléchi quelques instants, Noah finit par acquiescer :

— J'accepte. Mais à une condition.

— Laquelle ? demande Angerboda.

Le regard de Noah, jusque-là plutôt neutre, se gorge alors de convoitise.

— Je dois épouser Arielle Queen.

5

Un grand félin aux poils gris et blancs et à la mâchoire puissante apparaît dans le puits du monte-charge, celui qui conduit au niveau carcéral de la fosse d'Orfraie.

Malgré la distance, Arielle parvient à apercevoir l'entaille à son oreille gauche. Elle ne s'est pas trompée, il s'agit bien de Brutal. Mais un Brutal très différent : il a repris sa forme animale, mais son apparence n'a plus rien de celle d'un chat. À présent, l'animalter tient beaucoup plus de la panthère ou du léopard que du simple minet. Une fois qu'il a repéré Arielle, le fauve quitte le puits du monte-charge et fait ses premiers pas dans la grotte de l'Evathfell. Sa démarche paraît lourde et insouciante, mais ce n'est qu'une illusion. Ces grands félins sont beaucoup plus agiles et vifs qu'on ne pourrait le croire. À les regarder, on a l'impression qu'ils sont de gros toutous paresseux, mais c'est uniquement parce qu'ils conservent leur énergie et leur acuité pour une seule chose : l'attaque.

Ce sont d'extraordinaires prédateurs, patients et féroces.

Ael, Idalvo et Leandrel suivent Brutal du regard, tandis que celui-ci s'avance lentement vers Arielle, sa maîtresse. Soudain, les mouvements du félin paraissent moins désintéressés et semblent gagner en grâce et en souplesse. C'est le signe qu'attendait Ael : le fauve attaquera bientôt. La jeune Walkyrie tend son bras et se prépare à invoquer sa lance de glace, pendant que les elfes saisissent tout doucement la poignée de leur épée fantôme, prêts à la dégainer au moment où surgira l'arme magique dans la main d'Ael.

— Arielle, nous avons assez attendu, déclare celle-ci. Il faut y aller maintenant.

Elle sort de son manteau un petit flacon rempli d'un liquide brun. Arielle en a déjà vu de semblables auparavant, accrochés au ceinturon de Jorkane. Le flacon contient de la sève d'Ygdrasil. Lancé sur une paroi rocheuse, il permet d'ouvrir un passage vers l'extérieur. C'est donc ainsi qu'Ael compte échapper aux troupes de Mastermyr.

— Partez, répond Arielle alors que Brutal vient se placer à ses côtés, je n'irai pas avec vous.

« *Excellente décision, petite sœur*, lui dit Hel. *Tu te montres enfin raisonnable.* »

Ael n'en croit pas ses oreilles.

— Quoi ? Mais tu es devenue folle ? Sais-tu ce qui t'attend si tu te laisses capturer par l'Elfe de fer ? As-tu la moindre idée de ce que Loki et Angerboda te feront subir lorsque tu seras entre leurs mains ?

Brutal frotte sa joue poilue contre la cuisse d'Arielle pour lui montrer qu'il est heureux de la retrouver, mais surtout qu'il lui est toujours fidèle. Sa maîtresse répond en lui caressant le dessus de la tête. Arielle et son animalter sont de nouveau réunis.

— Sim et Razan sont morts, dit la jeune élue. Je n'ai plus aucune famille, à part Brutal. Il n'est pas question que je l'abandonne.

— Brutal n'est rien d'autre qu'un prétexte, rétorque Ael. Je sais ce que tu espères en réalité : tu veux sauver ton frère, n'est-ce pas ? Tu veux le ramener du bon côté, du côté de la lumière. Eh bien, ça ne fonctionnera pas, Arielle. Ton frère a dépassé cette limite. En devenant l'Elfe de fer, il a franchi le point de non-retour. Tu n'es pas Luke Skywalker et il n'est certainement pas Darth Vader !

— Ce n'est pas vrai, fait Arielle. Tout est encore possible.

« *La Walkyrie n'a pas tort*, intervient Hel. *Pour notre frère, il est trop tard. Plus rien n'y changera quoi que ce soit maintenant. Et, de toute façon, il est inutile de t'en faire, ma chérie. Emmanuel se trouve déjà du bon côté, celui que tu rejoindras bientôt, que tu le veuilles ou non.* »

C'est à ce moment que le puits du monte-charge accueille un nouvel arrivant. Tous ceux qui sont présents dans la grotte le reconnaissent grâce à l'armure étincelante qui le recouvre des pieds à la tête.

Cette armure porte un nom : Hamingjar, et elle a été jadis la propriété du grand elfe Ivaldor.

On raconte que l'armure a disparu à la mort d'Ivaldor et qu'on l'a retrouvée seulement le jour où son fils, Ithral, a été enfin prêt à mener les hommes de son père au combat. Après le décès d'Ithral, on a de nouveau perdu la trace d'Hamingjar, mais, cette fois, personne ne l'a retrouvée, et elle a fini par tomber dans l'oubli. Selon d'anciens récits, les deux elfes, père et fils, n'auraient occupé la légendaire armure que pour un temps. Elle leur aurait été prêtée en attendant la venue annoncée de son unique et véritable propriétaire, l'elfe des elfes, celui qui serait à la fois le premier et le dernier elfe à fouler le sol de Midgard. Dès que cet elfe des elfes la revêtirait, l'armure s'unirait à lui, se fusionnerait carrément à son organisme. C'est ce qui est écrit, et la légende dit vrai sur ce point. Arielle et les autres sont en mesure de le constater de leurs yeux en ce moment même : l'armure s'est bien fusionnée à Mastermyr, et tous deux ne font plus qu'un à présent. De l'extérieur, on jurerait un mélange entre le Silver Surfer et Iron Man.

L'Elfe de fer libère enfin le puits du monte-charge pour s'avancer vers Arielle. Derrière lui, une dizaine d'alters armés jusqu'aux dents surgissent à leur tour. Ils sont accompagnés d'une jeune femme qu'Arielle reconnaît immédiate-ment : c'est Elizabeth, son amie. Mais cette amitié existe-t-elle toujours réellement ? Arielle en doute. Depuis l'arrivée d'Emmanuel dans leur vie, Elizabeth n'a d'yeux que pour lui. Cet amour l'a aveuglée, au point qu'elle a tout abandonné pour le suivre, y compris sa famille et ses amis.

Elle y a aussi probablement laissé son esprit et son libre arbitre, songe Arielle. Contrairement à ce à quoi s'attendait cette dernière, toutefois, Elizabeth a conservé son apparence humaine. Elle a encore ses cheveux, et le bout de ses oreilles est toujours rond, et non pointu comme celui des elfes. Mastermyr ne lui a donc pas accordé l'Élévation elfique. Peut-être en est-il incapable désormais. Aucune promotion, donc, pour Elizabeth ; elle a gardé son statut de simple serviteur kobold. *Mais elle doit en être très heureuse*, se dit Arielle. *Elle n'a plus qu'un maître à servir : son Emmanuel adoré !*

Ael et les elfes jumeaux choisissent ce moment pour brandir leurs armes. Ael invoque sa lance de glace :

— *Nasci Lorca !*

Les elfes dégainent leurs épées fantômes. Le trio recule de plusieurs pas en voyant Mastermyr s'approcher d'Arielle et, par le fait même, de leur propre position. Tout en marchant, le géant place sa main ouverte devant sa poitrine. La jeune élue aperçoit le bracelet en argent passé à son poignet : il est identique au sien.

— *Nasci Magni !* lance l'Elfe de fer lorsqu'il n'est plus qu'à quelques mètres d'Arielle.

Une longue épée de glace se forme alors dans la main de Mastermyr, ce qui incite Arielle à faire de même : elle lève le bras que ceint le bracelet et invoque sa propre épée :

— *Nasci Modi !*

Son bracelet prend l'aspect et la texture de la glace, qui se déforme, se ramollit, devient presque liquide, puis s'enroule autour de la main de la jeune fille, comme un serpent. Elle vient ensuite se concentrer à l'intérieur de sa paume, où elle reprend de sa consistance. Arielle referme sa main sur la glace solidifiée. Cette seule action contribue à augmenter considérablement la masse de l'objet, qui prend de plus en plus d'expansion jusqu'à créer une grande épée de glace, la même dont elle s'est servie pour transpercer la chair de Hel dans l'Helheim.

— Je vois que tu as appris à te servir de cette arme, observe Mastermyr d'un ton neutre.

Frère et sœur, chacun armé de son épée magique, se font maintenant face. Le géant de fer domine Arielle de plusieurs têtes. Brutal émet des grognements timides à l'intention de Mastermyr, tout en demeurant bien sagement derrière Arielle. Toute sa loyauté va à sa maîtresse, bien sûr, mais il n'en reste pas moins que l'Elfe de fer est l'un des maîtres suprêmes, un grand seigneur de la Lune noire, au même titre que Loki, Angerboda, Fenrir et Jörmungand-Shokk, et qu'aucun animalter n'est autorisé à les menacer ni même à les fixer dans les yeux, sous peine d'être exécuté sur-le-champ.

Le masque de métal servant de visage à Mastermyr est fixe et lisse comme celui d'une statue ou d'un mannequin. Cette impassibilité artificielle lui donne un aspect terrifiant. *À la Jason Voorhees ou Michael Myers,* se dit Arielle. La seule chose qui semble avoir une certaine mobilité sur ces traits de fer, ce sont les yeux, rouges et perçants, qui vacillent légèrement derrière les deux fentes noires du masque.

— Tu as pris une décision, Arielle Queen ? demande Mastermyr.

Elizabeth et les autres alters viennent se placer derrière leur seigneur et maître.

— J'ai une décision à prendre ? rétorque Arielle.

— Soit tu viens avec nous, déclare Elizabeth, soit tu pars avec eux.

Par « eux », elle désigne bien sûr Ael et les deux elfes de lumière.

— Personnellement, continue-t-elle, je préférerais que tu disparaisses avec la Walkyrie et ses deux chaperons, mais la décision ne me revient pas.

— Emmanuel, tu sais qui je suis, n'est-ce pas ? demande Arielle sans tenir compte d'Elizabeth.

L'Elfe de fer ne bronche pas.

— C'est inutile, Arielle, la prévient Elizabeth. Emmanuel Queen n'existe plus. Sa personnalité a tout d'abord été diluée avec celle de Mastermyr, qui a elle-même subi l'influence maléfique d'Hamingjar. Ce joli cocktail a donné naissance à l'Elfe de fer, et il n'y a plus que lui dorénavant ; il occupe toute la place. Et je l'aime, autant que j'aimais Emmanuel.

Arielle a entendu ce qu'Elizabeth lui a dit, mais pas un instant elle n'a cessé de fixer les yeux rouges de son frère — enfin, de ce qui reste de lui, tapi au creux de cette armure.

— Et qui est l'Elfe de fer ? demande-t-elle en s'adressant au colosse qui se tient devant elle plutôt qu'à son amie.

Mastermyr ne bouge toujours pas. Quelques secondes s'écoulent avant qu'un semblant de vie

79

n'anime enfin le géant en armure. Il tourne lentement la tête en direction d'Ael et des elfes, les observe un moment, puis, sans prévenir, s'élance dans leur direction en brandissant son épée. La guerrière walkyrie réagit sans perdre de temps : elle se glisse devant les elfes et se met en position de défense. Tenant solidement sa lance de glace entre ses mains, Ael se prépare à contrer la première attaque de son adversaire. Contre toute attente, Mastermyr ne se sert pas de son épée. Plutôt que de donner un coup de lame à la Walkyrie, il agrippe la lance de glace de sa main libre et, d'un seul mouvement du poignet, la casse en deux. D'instinct, Ael recule ; elle n'arrive pas à croire que l'Elfe de fer soit aussi puissant. Ce dernier profite de ce moment de surprise pour l'attraper par ses vêtements et la projeter violemment contre la paroi rocheuse de la grotte. Lorsque la jeune Walkyrie heurte la paroi, le flacon contenant la sève d'Ygdrasil se fracasse, laissant s'échapper le liquide brunâtre qui ne tarde pas à se répandre sur la roche. Un passage s'ouvre alors dans le ventre de la terre. Ael retombe sur le sol, ébranlée mais toujours consciente. Si elle le souhaite, elle n'a qu'un pas à faire pour disparaître dans le passage. Mais elle ne le fait pas, par solidarité avec Leandrel et Idalvo, car c'est maintenant à eux que semble vouloir s'en prendre Mastermyr. Et, cette fois, il a visiblement l'intention d'utiliser son épée de glace pour livrer combat. Après les avoir vus affronter les alters dans cette même grotte à leur retour de l'Helheim — ils ont pratiquement décimé à eux seuls l'unité d'élite qui accompagnait le général Sidero —, Ael se dit que Mastermyr trouvera en eux des adversaires de taille. Voyant qu'il se prépare à les attaquer, les deux elfes décident de surprendre le géant en donnant le premier assaut, mais c'est peine perdue : Mastermyr esquive facilement leur attaque et se met en position pour riposter. Les elfes tentent tant bien que mal de s'éloigner, de se mettre hors de sa portée, mais il ne leur en laisse pas le temps : d'un seul coup d'épée en diagonale, il les coupe en deux.

Un silence de mort tombe alors dans la grotte. Leandrel et Idalvo demeurent immobiles, les yeux grands ouverts, figés par la surprise, jusqu'à ce que la partie supérieure de leur corps, tranchée net par l'épée du grand elfe, se détache entièrement de la partie inférieure. Les moitiés de cadavres s'effondrent sur le sol, dans un affreux bruit sourd.

— Tu voulais savoir qui est l'Elfe de fer, déclare Mastermyr en se tournant vers Arielle. Eh bien, maintenant, tu le sais.

La jeune élue hoche lentement la tête sans dire un mot. Derrière elle, Brutal émet un autre grognement. De satisfaction, dirait-on. *Elle a changé,* se dit Ael, debout devant l'ouverture du passage. *Pas une fois elle n'est intervenue pour l'arrêter. Elle aurait pu crier, à tout le moins le supplier d'épargner les elfes. Rien. J'ai bien fait de lui mentir au sujet de Razan. À moins que ce ne soit l'annonce de sa mort qui l'ait poussée à s'avancer davantage sur le chemin de l'ombre.* La jeune Walkyrie serre poings et mâchoires en observant les cadavres mutilés de Leandrel et d'Idalvo qui reposent dans la poussière. Elle est en colère d'avoir perdu ses deux meilleurs escrimeurs, mais s'en veut surtout d'avoir sous-estimé encore une fois la puissance et l'agilité de l'Elfe de fer. Seule, elle n'arrivera pas à le vaincre. Hamingjar, son armure magique, lui confère de trop grands pouvoirs. Ce n'est qu'à plusieurs qu'ils réussiront à le terrasser, et encore. Ael réalise qu'il ne lui reste plus qu'une option à présent : filer. Le plus vite et le plus loin possible, en attendant le moment de la revanche.

— Va-t'en, lui conseille Arielle. Dépêche-toi.

— Va retrouver ta bande de guérilleros, renchérit Elizabeth. Dis-leur que l'Elfe de fer leur réservera le même sort qu'à ces deux-là, si jamais ils osent se soulever contre les seigneurs Loki et Angerboda. Et préviens ton cher Kalev que s'il continue à prétendre être le roi de Midgard, nous lui couperons la langue et la donnerons à manger aux cochons avant de le brûler vivant sur le bûcher en compagnie des autres traîtres !

Ael s'engage dans le passage mais, avant de disparaître, elle accorde un dernier regard à Arielle.

— Il n'est pas trop tard, l'orangeade. Tu peux venir avec moi si tu veux.

Arielle secoue lentement la tête.

— Hel vit en moi, explique-t-elle. Je dois me débarrasser de ce démon avant de retourner vers mes compagnons. Empêche Jason de me porter secours, veux-tu ?

— Arielle, si tu vas avec eux, tu ne reviendras jamais.

— Je sais, admet la jeune élue à contrecœur.

6

*Arielle salue la jeune Walkyrie
avant que celle-ci ne s'engouffre et
ne disparaisse finalement dans le
passage créé par la sève d'Ygdrasil.*

Une fois à l'extérieur, se dit-elle, *elle ira sans doute rejoindre Jason et les autres à New York, dans les souterrains de la Volsung.* Elle ne sait pas où se trouve Geri, mais elle espère qu'il saura retrouver la trace de leurs anciens compagnons. Quant à Noah, Arielle demeure ambivalente à son sujet ; elle ne sait pas trop ce qu'elle ressent pour lui. Qui est-il exactement ? Est-il toujours un ami, ou s'est-il transformé en ennemi ? Lorsque, avant de le quitter, elle lui a avoué qu'elle ne l'aimait pas d'amour, quelque chose s'est produit chez le garçon ; une espèce de brisure, causée par la déception. Elle espère qu'il s'en remettra et qu'il saura lui pardonner, mais rien n'est moins sûr. La jeune élue a l'impression que Noah a beaucoup changé pendant son voyage dans l'Helheim. *En fait, non*, se ravise-t-elle, *les changements sont survenus bien avant cela. Noah est différent depuis qu'il habite le corps de Tomasse Thornando. Depuis qu'il est séparé de… Razan.* À la simple évocation de ce nom, sa gorge se noue et les larmes lui montent aux yeux. Mais elle se reprend rapidement. Pas question de montrer des signes de faiblesse devant Elizabeth et Mastermyr. « *Bravo!* la félicite Hel. *C'est ainsi qu'il faut réagir. Tu dois te couper de tes émotions pour demeurer forte et puissante. Odin a commis une erreur en dotant ses créatures humaines de sensibilité. C'est ce qui faisait la faiblesse de Noah auparavant. Son âme était en quelque sorte polluée par les sentiments réprimés que Razan éprouvait pour toi. Je sais ce que tu te dis, chère sœur, et tu as raison: si Noah a changé, c'est parce qu'il ne subit plus l'influence de Razan.* » Pour une fois, Arielle est d'accord avec Hel. *Razan aussi avait changé*, se souvient-elle, *car si Noah est délivré de Razan, ce dernier était quant à lui débarrassé de Kalev.* Et s'il avait survécu, Razan serait devenu encore plus humain, elle en est convaincue.

— Nous avons vingt minutes pour évacuer la fosse avant sa destruction, déclare Elizabeth. Tu nous accompagnes gentiment, ou je dois demander aux alters de t'escorter?

— La fosse sera détruite? répète Arielle.

Elizabeth approuve du chef.

— Et avec elle, le niveau carcéral, ainsi que la grotte de l'Evathfell. Puisque l'Helheim a bel et bien disparu, la fontaine du voyage ne servira plus à rien désormais, et Sidero souhaite éviter que les humains ne se réfugient dans la fosse. Toute la structure sera dynamitée dans exactement… dix-huit minutes et vingt-trois secondes, conclut-elle après avoir jeté un coup d'œil à sa montre.

La possibilité que la fontaine du voyage soit anéantie trouble Arielle. Avec la disparition de cette porte vers les autres mondes disparaît aussi pour elle tout espoir de revoir un jour Razan vivant. « *Un an s'est écoulé depuis sa mort et la destruction de l'Helheim*, lui dit Hel. *L'âme de Razan et celles de tous les autres décédés ont rejoint le Walhalla et, là-bas, profitent du repos éternel. Elles sont inatteignables désormais.* »

« C'est avec un autre que tu termineras cette aventure, Arielle Queen », lui a déclaré Razan dans l'Helheim, et il avait sans doute raison. *Alors, Absalona avait vu juste*, songe Arielle. *Je me marierai certainement avec Kalev de Mannaheim. À moins que Loki ne me force réellement à épouser ce général alter, Sidero.*

— Écarte-toi, Brutal, ordonne-t-elle soudain à son animalter.

Le grand félin jette un coup d'œil perplexe à sa maîtresse, avant de finalement tourner la tête et de s'éloigner.

Arielle examine un instant Modi, son épée de glace, puis s'avance vers l'Elfe de fer. Modi signifie « courage », tandis que le nom de l'épée de son frère, Magni, veut dire « force ». « *Mieux vaut avoir du courage que de la force* », souligne Hel.

— Mieux vaut avoir les deux, rétorque Arielle à haute voix.

Alors qu'elle n'est plus très loin de Mastermyr, elle entend Elizabeth ricaner derrière elle.

— Tu souhaites affronter l'Elfe de fer ? Ha ! ha ! Tu n'as aucune chance, ma vieille.

Elizabeth n'a sans doute pas tort, mais qu'importe : ce que désire véritablement Arielle, ce n'est pas tant affronter son frère que lui prouver qu'elle ne le craint pas, qu'elle peut se tenir droite devant lui sans avoir peur de mourir. Et c'est exactement ce qu'elle fait : elle s'immobilise face au grand elfe et lève son épée de glace en direction de lui. La pointe de l'épée se glisse juste sous le menton de Mastermyr qui, cependant, demeure impassible. Magni, son épée de glace, est toujours dans sa main, mais il ne semble pas vouloir s'en servir contre Arielle ; il a baissé son bras, et l'épée pointe dorénavant vers le sol.

— Tu n'oses pas te mesurer à moi ? le défie Arielle. Ce n'est certainement pas la peur qui t'arrête…

— Il ne connaît pas la peur, répond Elizabeth à la place de l'elfe.

— Ah non ? Mais dis-moi, Emmanuel, qu'est-ce qui se passe alors ?

Arielle appuie le bout de sa lame contre le cou métallique de son frère.

— Pourquoi ne te défends-tu pas ? poursuit-elle. Tu ne veux pas me faire de mal ?

— Il a besoin de toi, explique Elizabeth, comme nous tous d'ailleurs. Loki et Angerboda ne lui pardonneraient pas s'il te ramenait, disons, abîmée.

Arielle hoche la tête en silence.

— Je vois, fait-elle. Alors, si je m'en prends à toi, tu ne feras rien pour m'arrêter, c'est bien ça ?

— Il évitera tes assauts, dit Elizabeth, et c'est alors que les alters et moi interviendrons.

Les yeux rouges de Mastermyr, immobiles, fixent ceux de la jeune élue. Celle-ci n'y discerne aucune émotion. Elle finit par abaisser son arme, mais sans détacher son regard de celui de son frère.

— *Morti Modi*, murmure-t-elle.

L'épée de glace disparaît dans sa main et est remplacée par le bracelet d'argent, qui reprend sa place à son poignet.

— Emmanuel, mon frère, demande ensuite Arielle, es-tu toujours là? Vis-tu quelque part à l'intérieur de cette armure? Si oui, que reste-t-il vraiment de toi?

— *Morti Magni*, lance à son tour l'Elfe de fer pour se défaire de son épée.

Puis, d'un mouvement furtif, il agrippe Arielle par le cou et la soulève de terre.

— Il reste suffisamment d'Emmanuel Queen dans ce corps pour satisfaire les plans de Loki, répond Mastermyr de sa voix grave. Occupez-vous d'elle! ordonne-t-il ensuite en projetant Arielle vers les soldats alters.

Les alters attrapent la jeune fille, puis la reposent sur le sol sans délicatesse. L'un d'entre eux s'élance pour lui donner un coup au visage, mais il est aussitôt arrêté par la voix autoritaire d'Elizabeth:

— Ne lui faites pas de mal!

En disant cela, la jeune kobold n'a aucune intention de protéger Arielle; elle doit seulement s'assurer qu'ils ramèneront une proie en bonne santé à Loki et à Angerboda.

« *Tu verras,* souffle Hel à l'intérieur de l'élue, *mon père et ma mère sont des gens très accueillants. Tu fais partie de la famille maintenant, et ils te traiteront en conséquence.* »

— Sortez-la d'ici, commande encore Elizabeth aux alters. Nous n'avons plus qu'une dizaine de minutes pour quitter la fosse.

Les alters obéissent immédiatement et entraînent Arielle avec eux vers le puits du monte-charge. Avant qu'ils ne l'emmènent à l'étage supérieur, au niveau carcéral, l'élue a le temps de voir Elizabeth se diriger vers Mastermyr. La jeune kobold tend la main en direction du grand elfe, espérant sans doute qu'il réponde à l'invitation, mais celui-ci se détourne brusquement, comme s'il souhaitait éviter tout contact. Arielle éprouve soudain une sorte de pitié pour son ancienne amie. *Sa seule faute a été de tomber amoureuse du mauvais garçon,* songe-t-elle. « *Dommage pour ton amie,* dit Hel. *Ils feraient un joli couple, tous les deux. Mais ça viendra peut-être.* »

Deux alters attrapent alors Arielle par ses vêtements et bondissent vers le haut du puits, la tirant avec eux. Ils surgissent tous les trois dans le poste de garde et retombent ensemble sur leurs pieds. Ils sont bientôt rejoints par les autres alters, puis par Mastermyr, Brutal et Elizabeth. La jeune élue remarque qu'un maelström intraterrestre est toujours actif sur l'un des murs. *C'est comme ça qu'ils sont descendus ici,* réalise-t-elle, *et ils regagneront la surface de la même façon.*

— Vous savez tous quoi faire, leur déclare Elizabeth tout en s'élançant la première dans l'entonnoir mouvant du vortex.

Mastermyr s'y engouffre ensuite, suivi par la majorité des alters. Ceux qui restent s'emparent d'Arielle et la poussent vers le maelström, ce qui provoque la colère de Brutal. L'animalter se met aussitôt à rugir.

— Du calme, Brutal! lui ordonne Arielle en suivant docilement les alters. Je n'ai pas l'intention de m'attarder ici. Et toi, souhaites-tu vraiment être aux premières loges lorsque la fosse sera détruite? C'est bien ce que je pensais. Alors, tu viens?

Elle s'arrache à la poigne des alters et saute de plein gré dans le maelström. Brutal cesse de rugir et bondit à son tour dans le vortex, tout juste après sa maîtresse.

7

Razan et Jason Thorn partagent la même cellule depuis plus d'un an maintenant ; en fait, depuis leur retour de l'Helheim.

L'animosité qui s'était installée entre les deux hommes dès leur toute première rencontre a entièrement disparu. Elle était toujours présente au début de leur incarcération, mais, proximité oblige, elle s'est dissipée au fil des mois. Ils ne sont pas devenus les meilleurs amis du monde, c'est certain, mais de bons copains, ça oui.

La pièce dans laquelle ils ont passé les douze derniers mois est située dans les souterrains du siège social de la société Volsung. Elle ressemble en tous points à une cellule de prison : on y trouve deux lits superposés, un petit pupitre et des toilettes. Razan et Jason y sont libres de leurs mouvements, à condition, bien sûr, de ne pas faire trop de tapage, sinon les recrues fulgurs nouvelle génération de Kalev, véritables matons, n'hésitent pas un seul instant à leur passer les chaînes. Razan a plus d'une fois goûté à leur médecine, mais semble s'être calmé depuis quelque temps.

— Ce serait bien d'avoir une ou deux Walkyries pour nous tenir compagnie, dit-il, étendu sur le matelas du haut.

La tête appuyée sur ses mains jointes, il fixe le plafond.

— Tu pourrais pas siffler Bryni et lui dire de venir avec quelques-unes de ses copines ? demande-t-il ensuite à Jason, allongé pour sa part sur le matelas du bas.

— J'aimerais bien.

Il y a un silence que Razan décide de combler avec son sujet de conversation préféré :

— Elle nous a bien eus, pas vrai ?

Il parle d'Ael, bien sûr, ce qui chaque fois exaspère le pauvre Jason.

— Oui, elle nous a bien eus, confirme le jeune fulgur. T'es content ?

— Jamais je n'aurais pu prévoir qu'elle se rallierait à cet idiot de Kalev, continue Razan, et qu'elle nous enfermerait ici tous les deux. Il ne faut jamais faire confiance aux blondes. Dis, cow-boy, tu es toujours amoureux d'elle ? C'est ta copine, non ?

— Où es-tu allé pêcher ça ? Moi, amoureux d'Ael ?

— Bien sûr que oui, Jason. Ne le nie surtout pas ! C'est tellement évident ! Elle aussi en pince pour toi, camarade. Étrange qu'elle t'ait enfermé ici, d'ailleurs, et pour une simple divergence d'opinions. Elle meurt d'envie de te libérer, tu sais. Ça se voit juste à la façon dont elle te regarde quand elle ramène ses fesses ici. Tu n'aurais qu'à lui faire les yeux doux, mon beau, et l'affaire serait réglée en moins de temps qu'il n'en faut pour dire : « J'suis un cow-boy solitaire et j'ai un faible pour les Walkyries ! »

— Combien de fois devrai-je te demander de me foutre la paix avec Ael ?

Razan se met à rire.

— Te fâche pas, cow-boy. C'était juste pour rigoler. Vraiment nul, ton sens de l'humour, tu es au courant ?

— Ah ouais, d'accord. Et si je te parlais d'Arielle, tu rigolerais autant ?

Touché, cette fois, se dit Razan en cessant de rire.

— Du calme, beau blond. Tu t'aventures en terrain dangereux, là.

— C'est bien ce que j'espérais, rétorque le chevalier, satisfait, et, pour rendre la monnaie de sa pièce à son compagnon de cellule, il ajoute : Vraiment nul, ton sens de l'humour, tu es au courant ?

Après son départ de l'Helheim, Razan était certain qu'il allait se retrouver au Walhalla en compagnie des autres décédés — ou, à tout le moins, dans un endroit ressemblant au Bora Bora Lagoon and Spa Resort, espérait-il. N'importe où, sauf dans le néant éternel ! Mais ça n'a pas été le cas, bien au contraire : c'est plutôt dans la grotte de l'Evathfell, la fontaine du voyage, qu'il a atterri.

— Je ne les laisserai pas te tuer, lui a promis Arielle avant qu'il ne la quitte. Je vais retourner là-bas pour les en empêcher !

— Hel ne te laissera pas faire.

— Alors, j'enverrai quelqu'un d'autre.

— Princesse…

— Chut, tais-toi ! l'a coupé Arielle en posant un doigt sur ses lèvres.

Razan se souvient d'avoir fait oui de la tête, puis d'avoir repris sa marche vers l'immense tunnel menant au Walhalla, qui s'était ouvert dans le ciel. Une fois au-dessous du passage, il s'est arrêté.

— Je sais que tu m'aimes, Tom Razan ! lui a crié Arielle, en larmes.

Il a regardé une dernière fois la jeune fille, puis a levé les bras en direction du ciel, vers l'entrée du passage. Une puissante lumière l'a alors entouré et il a senti un lourd sommeil le gagner. *Me voilà en route pour le repos éternel. Arielle Queen, tu vas tellement me manquer…* Ensuite, il a fermé les yeux. L'obscurité a remplacé la lumière étincelante. Razan avait bel et bien quitté l'Helheim, oui, mais il ne se dirigeait pas vers le paradis des guerriers.

— Il est temps de se dire au revoir, Razan, a soudain déclaré une voix d'homme, le tirant de son sommeil.

La voix était celle du général Sidero, le jeune homme ne pouvait se méprendre à ce sujet. Il a ouvert les yeux malgré la fatigue et l'engourdissement qui assaillaient son corps. Il avait l'impression de s'être éveillé trop vite, de ne pas avoir suffisamment dormi.

— Mais qu'est-ce que je fais ici ?

Razan se trouvait dans une grotte, semblait-il. Il était agenouillé et un homme gisait sous lui, évanoui. Apparemment, il venait de le frapper avec son poing ; il le savait parce que ses jointures lui faisaient mal. Il avait le sentiment d'avoir vécu cette scène auparavant ; il éprouvait une sorte d'impression de déjà-vu. *Ça n'a rien d'une impression*, s'est-il aussitôt ravisé. *J'ai réellement vécu tout ça. C'était tout juste avant de mourir et d'aller me geler le cul dans l'Helheim !* C'est à ce moment qu'il a reconnu l'homme qui se trouvait prisonnier entre ses jambes : ce corps était celui de Karl Sigmund, occupé par l'esprit de Kalev de Mannaheim qui s'était incarné sur Midgard un peu plus tôt.

« Je ne les laisserai pas te tuer, a répété la voix si douce d'Arielle. Je vais retourner là-bas pour les en empêcher ! »

— Je suis revenu dans le passé…, a murmuré Razan pour lui-même. La présence de Sidero et de Kalev dans cette grotte le confirme. Mais comment Arielle a-t-elle fait pour réussir ce coup ? Hel ne peut pas lui en avoir donné la chance…

« Alors, j'enverrai quelqu'un d'autre. »

— Quelqu'un d'autre ? a répété Razan. Mais qui ? Et comment se fait-il que je me souvienne de tout ? Si quelqu'un doit intervenir pour m'éviter la mort, ça signifie forcément que je n'irai pas dans l'Helheim. Alors, comment puis-je me souvenir de ce qui s'est passé là-bas si je n'y suis jamais allé ? C'est à n'y rien comprendre.

— Tu as peur de m'affronter, Razan ? lui a demandé Sidero. À moins que je te tire une balle dans le dos. C'est ce que tu veux ?

Le jeune homme s'est relevé lentement, puis s'est tourné vers le général et ses super alters. En voyant que Sidero pointait son arme vers lui, il a machinalement levé les bras en l'air. *J'ai fait ça aussi la première fois*, s'est-il souvenu.

— Je me rends.

— Tu te rends? a répété Sidero. Vraiment?

— Vraiment.

Le général a répondu par un simple haussement d'épaules, puis a ajouté:

— Il m'est égal que tu te rendes ou pas, mon cher élève.

Il a marqué un temps avant de s'adresser à ses super alters:

— Messieurs?…

Ceux-ci ont approuvé d'un signe de tête et ont préparé leurs armes. Razan, pour l'avoir déjà vécu une fois, savait exactement ce qu'ils allaient faire: pointer leurs pistolets et leurs fusils-mitrailleurs dans sa direction et l'abattre sans sommation, comme un chien. *Si Arielle a réellement envoyé quelqu'un pour me sauver les fesses, il serait à peu près temps qu'il se montre*, s'est-il dit. *Si les alters me trouent la peau, je vais me retrouver encore une fois dans l'Helheim et tout sera à recommencer.*

Le doigt posé sur la détente de leur arme, les alters s'apprêtaient à faire feu lorsqu'une ombre a surgi du bassin de l'Evathfell, a survolé Razan, puis s'est posée derrière le général Sidero. C'était Ael, Razan l'a reconnue à ses vêtements de Walkyrie.

— *Nasci Geyoma!* a lancé la jeune femme en passant prestement son bras autour du cou du général.

Une petite dague de glace s'est alors matérialisée dans sa main. Ael s'est tout de suite empressée d'en appuyer la fine lame contre la gorge de Sidero.

— Action, réaction, mon vieux, a-t-elle dit. Si tes hommes tuent Razan, je te tue!

— Et tu crois que ça va m'arrêter, pauvre idiote?

— Pourquoi pas?

Sidero n'a pas eu le temps d'ajouter quoi que ce soit: Jason émergeait à son tour du bassin, suivi de près par Leandrel et Idalvo, les elfes jumeaux, ainsi que par Brutal, tous de retour de l'Helheim.

— Eh ben, c'est pas trop tôt, a dit Razan, soulagé, gardant toujours les bras en l'air.

Une fois sortis du bassin, le jeune fulgur et les deux elfes ont dégainé leurs armes et se sont élancés vers les super alters. Comme l'avait prédit la prophétie, Brutal avait déjà commencé sa transformation en bête sauvage. À la suite de l'union des médaillons, la plupart des animalters avaient repris leur forme animale, mais certains, comme Brutal, allaient subir une autre mutation afin de servir et de protéger les sœurs reines. L'animalter s'était certainement douté qu'en revenant à Midgard, il aurait droit à ce terrible châtiment, mais Razan a présumé qu'il n'avait pas eu d'autre choix que de quitter l'Helheim, puisque le royaume des morts allait de toute évidence être anéanti. «Une fois que je l'aurai quitté, avait dit la déesse Hel, l'Helheim sera entièrement détruit. Privé de mon aura omnipotente, il disparaîtra à jamais. Le nombre de royaumes dans l'univers passera alors de neuf à huit. Dorénavant, lorsque les gens décéderont sur la Terre, leur âme ira se dissoudre dans le grand néant éternel, sans possibilité de retour. Terminés les détours par l'Helheim. Plus personne ne pourra revenir ici pour sauver les morts, comme vous l'avez fait pour Noah Davidoff. »

— Mon Dieu, aidez-moi ! a imploré Brutal d'une voix douloureuse, tandis que son corps se métamorphosait, prenant des allures étranges.

Mais son appel à l'aide a été vain : au bout de quelques secondes à peine, il s'est écroulé sur le sol. Il est parvenu, péniblement, à se mettre à quatre pattes, puis, le dos arqué, il a graduellement pris la forme d'un grand félin. Brutal le chat était devenu Brutal la panthère. Aussitôt la mutation achevée, le fauve s'est mis à la recherche de sa maîtresse. Ne la trouvant pas, il a filé droit vers le puits du monte-charge, sans se soucier des alters. Sur la plate-forme, il a exécuté un formidable bond et a disparu. Sans doute avait-il rejoint l'étage supérieur.

Pendant ce temps, dans la grotte, le combat avait éclaté entre les alters de Sidero et les compagnons d'Arielle, fraîchement débarqués de l'Helheim. Souhaitant donner un coup de main à ses « sauveurs », Razan a abandonné Kalev et a couru récupérer son épée fantôme dans un coin de la grotte. Plus tôt, il avait dû choisir entre ces deux possibilités : récupérer son arme ou empêcher Kalev de boire l'eau de l'Evathfell pour aller rejoindre Arielle dans l'Helheim. Il avait préféré arrêter Kalev plutôt que de reprendre son épée, mais ce choix lui avait coûté la vie — du moins dans l'autre réalité.

L'affrontement entre les alters et les protecteurs de la prophétie n'a pas duré longtemps : même s'ils étaient supérieurs en nombre, les alters étaient inférieurs en puissance et en agilité. Jason et les deux elfes n'ont fait qu'une bouchée des super alters — enfin, de ceux qui étaient restés pour combattre, car la majorité d'entre eux avait fui les lieux bien avant de se mesurer aux elfes de lumière. Ce n'était pas tant Jason et ses marteaux mjölnirs qui les avaient fait déguerpir que Leandrel et Idalvo. Leur incroyable talent d'escrimeurs avait suffi à rappeler aux alters leur appartenance à la célèbre cohorte de Folkvang, une unité d'élite commandée par le grand général Lastel. Les elfes de cette cohorte étaient réputés dans les neuf royaumes pour être imbattables à l'épée, un peu comme les mousquetaires du temps du roi Louis XIII.

De toutes les forces alters qui se trouvaient plus tôt dans la grotte, ne restait plus à présent que Sidero. La dague de la Walkyrie était toujours posée sur sa gorge, le forçant à éviter tout mouvement brusque.

— Impressionnants, vos super alters, général ! s'est moqué Razan qui n'avait même pas eu à lever son épée pour combattre. On note un manque flagrant de courage, mais certainement pas de vitesse ! Vous avez vu à quelle allure ils ont décampé ? Ha ! ha !

Sidero n'a pas répondu à l'affront. Il a préféré garder le silence, pour une raison qui échappait à

Razan. En temps normal, le général ne se serait pas privé d'une bonne réplique.

— Tu devrais te méfier de cet alter, a soudain déclaré Jason à Ael.

Après avoir rengainé ses marteaux mjölnirs, le jeune fulgur s'est approché d'elle.

— T'inquiète pas, chéri, lui a répondu la Walkyrie, je maîtrise la situation.

Et comme pour lui prouver qu'elle avait tort, le général Sidero a choisi ce moment précis pour se défaire de son emprise en lui assénant un solide coup de coude à l'estomac. Un humain n'aurait pas eu la force nécessaire pour ébranler la Walkyrie. Mais, humain, Sidero ne l'est pas, bien au contraire : c'est un alter, et pas n'importe lequel. Parmi les siens, il a la réputation d'être le plus puissant, mais aussi le plus dangereux. On raconte que c'est à mains nues qu'il a tué Garm, le chien qui gardait l'entrée de l'Helheim. Le souffle coupé, Ael s'est recroquevillée sur elle-même, libérant ainsi le général. Visiblement, ce dernier ne souhaitait pas s'attarder auprès d'elle ; les deux elfes fonçaient sur lui en brandissant leurs épées. Sidero a exécuté un puissant bond, traversé la grotte et atterri tout près du monte-charge.

— On va se revoir ! a-t-il déclaré avant de s'élancer vers le haut du puits.

Épée en main, Leandrel et Idalvo ont couru jusqu'au monte-charge, mais, à la toute dernière minute, ont renoncé à poursuivre le général. L'important, maintenant, était de trouver un moyen de sortir de la grotte et, pour cela, ils devaient tous rester groupés. Voyant que Jason Thorn s'occupait de la Walkyrie, les deux elfes se sont approchés du corps inerte de Karl Sigmund et se sont agenouillés à côté de lui.

— Il faut le transporter hors d'ici, a dit Leandrel après avoir examiné Sigmund, qui était en réalité Kalev de Mannaheim. Il a besoin de soins.

— Évidemment qu'il a besoin de soins, a rétorqué Razan. C'est moi qui l'ai tabassé!

— Et que fait-on d'Arielle, de Noah et de Geri? a demandé Jason en aidant Ael à se remettre sur pied.

— Ils devraient déjà… être ici, a répondu la jeune fille après avoir repris son souffle. Il a dû se passer quelque chose.

— Je ne pars pas sans Arielle, a tranché Razan. C'est bien compris?

Ael a alors fait un signe aux deux elfes qui se sont immédiatement relevés et dirigés vers Razan. Étant devenu humain, ce dernier n'était plus de taille désormais à lutter contre deux elfes de lumière.

— Holà! attendez…, a-t-il fait en reculant. Mais qu'est-ce que vous faites?

Étonnamment, le coup qui a fait perdre conscience à Razan n'a pas été donné par les elfes. Il est plutôt venu de derrière. Ael a profité du fait qu'il était distrait par Leandrel et Idalvo pour le frapper à la tête avec la poignée de sa dague. La seule chose dont se souvient maintenant Razan, c'est de s'être éveillé dans cette cellule souterraine, en compagnie de Jason Thorn.

— Tu crois qu'Ael réussira à ramener Arielle ? demande-t-il, abandonnant ses souvenirs et revenant au moment présent.

Jason est toujours étendu sur le matelas du bas. Sa réponse tarde à venir.

— Tu veux une réponse honnête ? fait finalement le chevalier au bout de quelques secondes. Ça ne dépend pas d'Ael, mais…

— Mais d'Arielle, complète Razan en poussant un soupir. C'est bien ce qui me fait peur, conclut-il avant de recommencer à fixer le plafond au-dessus de lui.

8

Une fois à l'extérieur de la fosse et du château d'Orfraie, Elizabeth et les alters forcent Arielle à se diriger vers un gros hélicoptère à deux hélices.

Tandis qu'elle s'approche de l'appareil, l'élue remarque qu'il fait presque nuit à l'extérieur. Normalement, il devrait faire jour à cette heure, et les alters devraient reprendre leur apparence humaine. Arielle lève les yeux au ciel et voit que le soleil est caché par la lune. *Une lune noire,* observe-t-elle. « *Ce sont tous des alters intégraux,* lui explique Hel. *Et même s'ils ne l'étaient pas, l'éclipse solaire totale provoquée par l'union des médaillons de Skol leur permet de conserver en tout temps leur apparence, ainsi que leur puissance d'alters.* »

— Manquait plus que ça, réplique Arielle dont la voix est entièrement couverte par le bruit des rotors.

« *Loki a tout prévu, petite sœur.* »

L'hélicoptère est déjà en marche. Ses deux hélices à trois pales sont en rotation au-dessus d'Arielle et de son escorte lorsqu'elles montent dans la cabine principale. Dans le poste de pilotage se trouvent trois alters ; ils sont vêtus d'un uniforme militaire et portent un casque à visière équipé d'un micro. Brutal est le dernier à sauter dans l'appareil. Un des alters se charge de fermer, puis de verrouiller la porte de la cabine derrière lui.

— Les alters utilisent des hélicoptères maintenant ? demande Arielle tandis que Brutal vient se coucher à ses pieds. Terminée, l'époque du *Danaïde* ?

— Cet appareil appartient à la Royal Air Force britannique, lui révèle Elizabeth en prenant place à ses côtés. L'Angleterre et les pays scandinaves constituent le territoire numéro un. C'est la première région du globe à laquelle se sont attaqués les alters du général Sidero. Dès que son armée a été complète et regroupée, Loki a ordonné à Sidero de lancer tous ses effectifs là-bas et de combattre jusqu'à ce que les terres ancestrales des peuples du Nord nous reviennent enfin. L'Angleterre, l'Écosse, le Danemark et la Norvège ont été les premiers pays à signer l'acte de reddition. L'Irlande, la Suède, la Finlande et les Pays-Bas ont suivi quelques semaines plus tard. Aujourd'hui, ce territoire porte le nom de Naudhrland, ou Nordland, si tu préfères. C'est à toi qu'il reviendra, Arielle, et tu devras le gouverner.

— Le gouverner ? répète Arielle, mi-surprise, mi-amusée. Je suis pourtant la dix-neuvième élue, non ? Pourquoi hériterais-je du premier Territoire ? Ne revient-il pas à la première élue ?

Elizabeth secoue la tête.

— Comme le chante si bien Céline Dion, les premiers seront les derniers!

Arielle ne peut s'empêcher de sourire.

— Ce n'était pas dans la Bible, ça?

— Tu es la plus puissante de ta lignée, Arielle. C'est donc à toi que revient l'honneur de diriger le Nordland.

— Tu te trompes, Elizabeth, je ne suis pas la plus puissante. Ce corps d'alter est le mien dorénavant, et j'en suis heureuse, mais je suis privée de ses pouvoirs.

— C'est ce que tu crois, mais…

— Non, c'est la vérité, la coupe Arielle. Depuis la disparition des médaillons, j'ai perdu tous mes pouvoirs d'alter.

— Razan a perdu tous ses pouvoirs parce qu'il est humain. Mais, toi, tu n'as perdu aucun pouvoir, Arielle.

Elizabeth fait une pause, comme si elle hésitait à continuer, puis reprend:

— Tu es la fille de Loki, je te rappelle. Tes pouvoirs sont ceux d'un demi-dieu. Tu ne sais tout simplement pas encore comment t'en servir. Si tu te sentais plus faible dans l'Helheim, c'est seulement à cause du soleil et de la lune qui brillent ensemble dans le même ciel. Ce phénomène a un effet direct sur les alters: il diminue au moins de moitié leur puissance et les empêche même de voler.

C'est la vérité. Arielle s'en souvient à présent.

— Tu es l'élue de la prophétie, poursuit Elizabeth. Et tu es celle par qui le règne de la Lune noire est arrivé. C'est toi et uniquement toi qui mérites de régner sur le Nordland. J'ai toujours su que la vie te réservait un formidable destin, Arielle Queen. Et j'en ai été jalouse. Mais plus maintenant. Lorsque les autres sœurs reines seront là et que le partage sera terminé, je deviendrai ta plus fidèle servante.

« On verra ça », a envie de rétorquer la jeune élue, mais elle s'en abstient.

— Mes ancêtres sont déjà là ? demande-t-elle.

— Non, mais elles arriveront bientôt. Grâce au *vade-mecum* des Queen.

— Vous croyez vraiment que je vais invoquer mes ancêtres ? Pour qu'elles tombent ensuite dans votre piège ?

— Tu n'auras pas à le faire, répond Elizabeth.

Arielle se rappelle que le livre magique est en la possession de Mastermyr. Il le lui a pris dans la grotte, avant son départ pour l'Helheim.

— De toi, je n'ai besoin que d'une chose, lui a-t-il dit alors.

Il a ensuite plongé sa main dans le manteau d'Arielle pour en retirer le *vade-mecum*.

— Ce livre est à moi, Emmanuel ! s'est-elle écriée.

— Il est aussi à moi, a répondu le grand elfe.

Il est aussi à moi, se répète Arielle. *Mais alors, ça signifie que... Non, ce n'est pas possible.*

— Je comprends maintenant pourquoi il voulait le *vade-mecum*.

De toi, je n'ai besoin que d'une chose…

— C'est lui qui les invoquera, n'est-ce pas ? C'est lui qui invoquera… nos ancêtres. Il en est capable, car il fait lui aussi partie de la lignée des Queen !

Elizabeth approuve de la tête.

— Voilà pourquoi Loki avait besoin de lui, réalise Arielle. Quelle merveilleuse association ! Et quelle idiote je fais !

Elle remarque soudain l'absence de Mastermyr. Il n'est pas avec eux dans la cabine. Se peut-il qu'il soit resté à la fosse ? Elle l'a pourtant vu s'approcher de l'hélicoptère, en même temps que tous les autres.

— Le grand Elfe de fer possède sa propre cabine, lui dit Elizabeth, comme si elle avait lu dans ses pensées. Il ne voyage pas avec les simples soldats.

Arielle se met à rire.

— Alors, vous vous considérez tous comme des soldats ?

Cette fois, la jeune kobold prend une grande inspiration et fixe son amie droit dans les yeux avant de répondre :

— C'est une guerre, Arielle. Personne n'y échappera, pas même toi…

Il y a décidément une lueur de folie dans ce regard, songe l'élue. *Mais peut-être ai-je la même. C'est bien possible. Razan, tu me manques tellement. Si tu étais ici, à mes côtés, je sens que je pourrais supporter tout ce qui m'arrive. Mais, sans toi, je ne crois pas que j'y arriverai.* Un rire résonne alors à l'intérieur d'Arielle. « *Mais que fais-tu de moi, alors ?* lui déclare Hel. *Je t'accompagnerai jusqu'au bout, tu sais. Tu peux compter sur moi pour te maintenir en bonne santé et préserver ton équilibre mental. Tout se passera bien, ma chérie. Je peux te montrer le futur, si tu le souhaites.*

Une version du futur, du moins, car l'avenir est toujours en mouvement. Alors, tu veux voir?»

— Je ne veux rien! rétorque Arielle à haute voix. Rien qui vienne de toi!

Surpris par cette soudaine réplique, Elizabeth et les alters se tournent vers l'élue. Celle-ci les toise un moment avant de fermer les yeux et de baisser la tête. Elle souhaiterait pouvoir être seule de nouveau. Seule avec elle-même, seule à l'intérieur d'elle-même. Elle voudrait pouvoir se recueillir, réfléchir en paix, sans que chacune de ses pensées soit entendue par cette garce de Hel. *« Tu ne te débarrasseras pas de moi aussi facilement, ma pauvre,* affirme Hel. *Que tu le veuilles ou non, voici en exclusivité pour toi, et juste pour toi, une scène de ton avenir!»*

Arielle se sent aussitôt évacuée de son corps et transportée hors du temps et de l'espace. Elle ne se trouve plus dans l'hélicoptère, mais dans un ailleurs qu'elle ne connaît pas encore. Ce n'est pas la première fois qu'elle éprouve cette sensation de déplacement astral : elle ressent la même chose lorsque ses ancêtres de la lignée des Queen la contactent depuis le passé. Bien que semblable, ce voyage-ci est beaucoup moins agréable cependant : il est violent et expéditif. Hel n'a pas la finesse de ses ancêtres. *Devais-je réellement m'attendre à autre chose?* soupire intérieurement Arielle, résolue.

La jeune fille est soulagée lorsqu'elle atteint enfin le lieu et l'époque que souhaite lui faire visiter Hel. La date, elle la connaît, sans trop savoir pourquoi : le 3 novembre 2012. Hel l'a donc transportée trois ans dans le futur. Le lieu : le château Lokheim, dans les territoires du Nordland. *Je ne me sentirai pas trop dépaysée*, songe Arielle tandis que le décor commence à prendre forme autour d'elle. Des contours, flous plus tôt, se précisent davantage. Les bruits sourds, étouffés, ressemblent de plus en plus à des sons familiers et même à des voix.

— Arielle ! Mais qu'est-ce que tu fais ? s'écrie soudain quelqu'un derrière elle.

« *Non, ce n'est pas cet événement que je souhaitais lui faire voir !* » s'exclame Hel brusquement. « *C'est tout de même celui-ci qu'elle verra !* » la contredit une autre voix dans la tête d'Arielle. C'est celle du dieu Tyr. « *Tu n'as pas le droit de t'immiscer ainsi entre nous !* » proteste Hel avec colère. « *J'ai tous les droits, ma pauvre* », répond Tyr sur un ton calme mais ferme.

— Viens, maîtresse ! Dépêche-toi !

Arielle se retourne et aperçoit Brutal qui lui tend la main. L'animalter n'a plus rien d'un fauve. Il est redevenu le chat à poils gris et blancs qu'elle a toujours connu. *Alors, il y a un moyen de lui redonner son apparence d'origine*, en déduit-elle. Ils sont tous les deux immobilisés au milieu d'un escalier de pierre en colimaçon. L'élue sent quelque chose de froid dans sa main et réalise qu'elle tient son épée de glace. Celle-ci est tachée de sang, tout comme l'épée fantôme qui se trouve dans la main de Brutal. De toute évidence, ils ont combattu récemment.

— Où allons-nous ? demande Arielle.

— Dans les cachots, délivrer ton cher Kalev.

Kalev? Mais pourquoi doit-on délivrer Kalev?

— Je n'ai pas l'intention de risquer ma vie pour cet idiot, répond-elle. Il n'y a personne d'autre à sauver?

Il y a toujours quelqu'un d'autre à sauver, se dit la jeune fille.

— Maîtresse, tu es devenue folle ou quoi?! Il n'y a pas de temps à perdre!

— Brutal, dis-moi ce qu'on fait ici, dans ce château.

La surprise de Brutal se transforme en impatience.

— Écoute, ce n'est vraiment pas le moment! Fenrir et les alters de la garde prétorienne sont à nos trousses! Si nous n'atteignons pas rapidement les cachots, ils vont nous rattraper, tu comprends? Fenrir est devenu fou depuis que tu as tué son frère. Il ne s'arrêtera pas tant qu'il ne t'aura pas capturée. J'espère que tu ne m'en voudras pas, Arielle, mais je n'ai pas l'intention de finir comme Ael et Jason.

— Quoi? Mais qu'est-ce qui leur est arrivé?

— Tu le sais très bien! Allez, viens, suis-moi!

Brutal poursuit sa descente. Arielle s'apprête à lui emboîter le pas lorsqu'elle entend du bruit au-dessus d'elle, un martèlement qui provient du haut de l'escalier. Quelqu'un descend. L'élue perçoit aussi des voix et des cris qui se répercutent en un écho. *Ainsi, ils sont plusieurs… et ils semblent plutôt de mauvaise humeur,* constate-t-elle. Elle a un mauvais pressentiment. *Brutal avait raison: faut pas rester ici, ma vieille!* Elle est sur le point de s'élancer dans les marches pour rattraper l'animalter lorsqu'une main large et puissante l'agrippe par une épaule et la plaque contre le mur de pierre. Un homme de haute stature aux traits déplaisants se met devant elle et lui écrase la poitrine avec son avant-bras, lui bloquant le passage. Des poils noirs et drus recouvrent ses bras et une bonne partie de son visage. *On dirait Wolverine,* se dit Arielle, *mais en beaucoup plus poilu, et en beaucoup plus laid !* Elle devine facilement de qui il s'agit : c'est Fenrir, dit « le Loup », fils de Loki et d'Angerboda. Son demi-frère, en quelque sorte.

— Tu ne t'en sortiras pas aussi facilement, ma chérie ! lui crache-t-il au visage.

Ses crocs sont aussi longs que ceux des loups, et son haleine aussi fétide que celle d'une bête qui se nourrit de viande crue.

— Tu vas payer pour ce que tu as fait !

Des alters en uniforme bourgogne se regroupent autour de Fenrir. Ce sont sans doute les gardes prétoriens dont parlait Brutal, affectés à la protection personnelle de Loki et de sa charmante famille.

Du coin de l'œil, Arielle aperçoit soudain son compagnon qui remonte l'escalier et fonce droit dans sa direction.

— Brutal, non !! crie-t-elle.

Mais l'animalter n'entend rien. Épée bien en main, il poursuit sa course et se jette sur les alters tout en criant : « BANZAÏÏÏÏÏ ! » Arielle a dénombré au moins dix gardes ; tous paraissent agiles et fort bien entraînés. Normal : Loki a choisi les meilleurs alters pour constituer sa garde personnelle. La jeune élue doute que Brutal puisse leur résister bien longtemps. Ses craintes se concrétisent plus vite qu'elle ne l'aurait souhaité : Brutal a beau multiplier ses attaques, les alters esquivent chacune d'elles non seulement avec aisance, mais aussi avec amusement. Il est triste de voir le pauvre animalter se débattre ainsi pour tenter de sauver sa peau et celle de sa maîtresse, toujours immobilisée contre le mur par Fenrir qui fixe sur elle un regard avide de prédateur tout en lui broyant l'épaule avec son énorme coude. Arielle se sent impuissante, mais ne peut rien faire : Fenrir est trop fort. *J'ai peut-être la force d'un demi-dieu,* se dit-elle, *mais lui possède certainement celle des trois quarts d'un dieu !* Brusquement, les alters abandonnent leur stratégie défensive et passent à l'attaque, portant simultanément nombre d'assauts contre Brutal. L'animalter est débordé : il n'arrive pas à écarter ni même à esquiver la dizaine de lames qui s'abattent sur lui. Les plaies s'accumulent, et elles sont de plus en plus profondes. Après avoir réussi à blesser un alter à l'épaule et deux autres à la cuisse, Brutal baisse les bras. Il est à bout de souffle. Il ne parviendra jamais à les vaincre. Voyant que leur adversaire abandonne le combat, les alters en profitent pour porter le coup final : tous ensemble, ils transpercent de leurs lames fantômes le corps meurtri de l'animalter.

— Brutal !! s'écrie Arielle. Oh ! mon Dieu, non !

Les yeux écarquillés sous l'effet de la douleur, l'animalter s'oblige à rester conscient, malgré sa souffrance évidente, afin d'adresser un dernier regard à la jeune élue. Il parvient même à lui sourire, espérant lui faire comprendre qu'elle ne doit ressentir aucune culpabilité, que c'est avec fierté et honneur qu'il a donné sa vie pour elle.

— Brutal, mon ami…, souffle Arielle en voyant le chat s'écrouler sur le sol.

Mais Fenrir ne lui laisse pas le temps de pleurer la mort de son fidèle compagnon. Il l'agrippe solidement et la plaque une nouvelle fois contre le mur. Ce coup-ci, le choc est si violent qu'Arielle en perd presque connaissance. Elle tente d'atteindre Fenrir avec son épée de glace, mais, trop ébranlée, elle ne réussit qu'à frôler le bras de son adversaire. L'homme-loup attrape alors la main d'Arielle, celle qui tient l'épée, et la frappe avec force contre le mur en espérant que la lame de glace se fracassera au contact de la pierre. Mais rien de cela ne se produit, ce qui ne fait qu'attiser la colère de Fenrir ; la lame est beaucoup plus résistante qu'il ne l'avait pensé.

— C'est aujourd'hui que tu meurs, Arielle Queen !

La jeune élue ne répond pas, elle en est incapable. Depuis qu'elle a hérité de son corps d'alter, elle n'a connu la peur qu'en de très rares occasions, et celle-ci en fait partie : ce Fenrir la terrifie au plus haut point. Il y a quelque chose de pervers dans son regard, quelque chose de purement démoniaque. Il n'hésitera pas à la tuer, elle en est convaincue. Le mal est si présent en lui qu'il irradie dans tout son corps, comme si une aura fielleuse l'enveloppait tout entier. Pour la première fois de sa vie, Arielle sent l'odeur de la mort. *Allez, reprends-toi, ma vieille*, songe-t-elle. *Tu ne peux pas le laisser te tuer comme ça, pas après tout ce que tu as traversé!* Elle se force à réagir, mais pour constater encore une fois que la puissance de Fenrir dépasse, et de loin, la sienne. Elle lutte avec l'énergie du désespoir pour échapper au destin tragique que lui réserve l'homme-loup, mais, malgré tous ses efforts, elle est incapable de se défaire de son emprise. Fenrir n'a besoin que d'une main pour la retenir prisonnière. Il la garde près de lui, comme son jouet préféré. Arielle cesse de bouger lorsqu'elle voit l'autre main de son agresseur qui s'approche lentement de son visage. Les doigts sont repliés comme des serres de rapace. À la place des ongles, des griffes noires, courtes mais acérées comme des rasoirs. Fenrir discerne la peur dans le regard de sa proie et s'en amuse.

— C'est la fin, Arielle Queen, ricane-t-il. Ton histoire se termine ici! Et c'est en beauté que tu nous quitteras! ajoute-t-il en agitant ses griffes devant les yeux de la jeune fille.

En beauté…, se dit-elle en comprenant que le démon s'apprête à lui lacérer le visage avec ses griffes. Elle ne peut s'empêcher de fermer les yeux et d'implorer l'aide de la seule personne qui puisse réellement la secourir en ce moment: *Tyr, aidez-moi*, supplie-t-elle. *Sortez-moi d'ici! Délivrez-moi de ce songe!* Mais aucune réponse ne vient. Tout ce qu'elle entend, ce sont les grognements excités de Fenrir qui se prépare à passer à l'attaque. Les paupières toujours closes, Arielle sent bien un mouvement, une secousse, mais, étrangement, aucune douleur. Peut-être s'est-elle trompée sur les véritables intentions de Fenrir. *Non*, se ravise-t-elle. *Son objectif est très clair : il veut me défigurer, et ensuite me tuer.*

Lorsqu'elle ouvre les yeux, l'élue constate que le Loup la fixe toujours, mais sans bouger. Il est figé dans une étrange position ; on le dirait paralysé, et en plein mouvement de surcroît. Il maintient Arielle contre le mur, et la main qui était sur le point de la mutiler est toujours levée, prête à s'abattre sur ses traits crispés par la frayeur. La jeune fille baisse un instant les yeux et constate qu'une lame fantôme traverse le corps de Fenrir au niveau du sternum. La pointe de la lame s'est arrêtée juste avant de toucher son propre torse. *Mais qui a fait ça ?* se demande Arielle.

C'est alors que Fenrir perd brusquement sa rigidité. Ses muscles se détendent et il libère enfin sa demi-sœur avant de s'affaisser lourdement sur le sol et de laisser place au propriétaire de l'épée. Arielle n'en croit pas ses yeux. La personne qui se tient debout devant elle à présent, l'assassin de Fenrir, n'est nul autre qu'Elizabeth, son amie. L'élue reste sans voix.

— M... merci..., arrive-t-elle finalement à articuler.

Merci de m'avoir sauvé la vie, Elizabeth, aimerait-elle ajouter, mais elle en est incapable.

— Tu n'as pas à me remercier, lui répond la jeune kobold. Tu es mon amie, ne l'oublie jamais.

Elizabeth se retourne et se prépare à affronter les alters de la garde prétorienne qui se ruent dans sa direction.

— Va-t'en! crie-t-elle à Arielle. Sauve-toi pendant que c'est encore possible!

Je ne peux pas la laisser seule ici et m'enfuir comme une lâche, se dit l'élue. Elle relève son épée et prend place auprès de son amie: toutes les deux combattront côte à côte, cette fois, et non l'une contre l'autre. Seront-elles de taille à lutter contre les dix alters qui foncent vers elles en brandissant leurs armes? *Peu importe,* pense Arielle. *Si la loyauté ne peut pas nous sauver, mon amie et moi, alors, que tout se termine maintenant!* Elle a soudain la conviction que ses pouvoirs dépassent largement ceux des alters. *Les pouvoirs d'un demi-dieu!* se répète-t-elle pour se donner du courage. Et cela semble fonctionner: les deux filles engagent le combat avec énergie et détermination, et viennent rapidement à bout de leurs adversaires, surtout grâce à la puissance et à la dextérité d'Arielle. En quelques coups d'épée à peine, elle arrive à mettre la moitié des gardes hors d'état de nuire. Elizabeth parvient à en blesser un mortellement pendant qu'Arielle se débarrasse de trois autres.

— Pour Brutal! crie la jeune élue en déjouant l'attaque du dernier alter et en le terrassant d'un coup de lame en pleine poitrine.

Le garde tombe à genoux devant les deux amies. Elizabeth se charge de le décapiter. D'un coup de pied, elle renverse ensuite son corps et l'envoie rouler quelques marches plus bas, là où sont entassés les cadavres de ses collègues.

— Dépêche-toi d'aller retrouver Kalev, conseille la jeune kobold à son amie. Je ne sais pas ce que vous devez accomplir tous les deux, mais vous êtes notre seul espoir. Vous êtes les seuls qui puissiez tuer Loki et Hel !

— Elizabeth, viens avec moi, l'implore Arielle.

— Non. D'autres gardes alters viendront. Je dois les retenir ici. Rends-toi dans les cachots et délivre Kalev. Souviens-toi du dix-huitième chant, Arielle, ajoute Elizabeth sur un ton grave, comme si c'était de la plus haute importance.

— Qui t'a parlé de ce chant ?

La kobold hésite un bref instant.

— Emmanuel…, répond-elle enfin, tandis que les larmes lui montent aux yeux. C'est lui… C'est lui qui m'a demandé de te le rappeler.

— Emmanuel ? s'étonne Arielle. Mon frère ? Où est-il ?

Elizabeth secoue la tête. Deux larmes coulent le long de ses joues.

— Pars ! insiste-t-elle. Pars tout de suite et souviens-toi que chaque rune possède un chant de puissance. Le dix-huitième chant de puissance renferme la clef des six dernières runes. Il y a vingt-quatre runes au total, et non dix-huit. Les six runes manquantes sont appelées les « Clefs de Skuld », ce qui signifie « celles qui seront ». Une fois découvertes, les six runes donneront un nouvel espoir à l'humanité ; elles révéleront que l'histoire des hommes et de Midgard ne se terminera pas sur un mystère, bien au contraire : « L'histoire, qu'on croyait inachevée, connaîtra enfin son dénouement.» Tout repose sur Kalev et toi, Arielle, répète Elizabeth. Sans votre amour, rien ne s'accomplira. Car les six dernières runes et leurs six chants de puissance ont besoin de vous pour exister. Si les sauveurs de l'humanité sont sans amour, alors tout est perdu. Du jour au lendemain, les hommes disparaîtront, et leur histoire se terminera sur un mystère qui ne sera jamais résolu.

Arielle se souvient alors que le dieu Tyr lui a déjà parlé de ce dix-huitième chant: «*Le dix-huitième chant est celui de l'amour. Il a résonné dans le cœur de Razan et a permis de te sauver dans la fosse, Arielle. Lorsqu'il a été entendu, ce chant a libéré les Clefs de Skuld, qui sont les six derniers chants de puissance. Le tien, le dix-neuvième, est celui d'Ehwaz, la loyauté. Il permet à tout amour et à toute amitié de survivre éternellement. Les trois chants suivants, le vingtième, le vingt et unième, le vingt-deuxième, appartiennent aux trois Sacrifiés. Tu ne les entendras jamais. Leur silence t'apportera malheur et grande tristesse, mais sache que le vingt-troisième chant vous redonnera l'espoir et que le vingt-quatrième, celui d'Odhal, guidera les hommes vers le sanctuaire, là où chaque question trouvera enfin sa réponse.*»

— Va, Arielle, la supplie Elizabeth, et sauve-nous!

L'élue échange un dernier regard avec son amie avant d'acquiescer. *Elle a raison,* se dit-elle, *je dois y aller.* Il lui faut déployer de considérables efforts pour tourner les talons. Abandonner ainsi Elizabeth lui brise le cœur. Arielle inspire profondément et se convainc une seconde fois que c'est la meilleure chose à faire. Sans se retourner, sans même saluer son amie, elle descend une première marche, puis une autre, toujours de plus en plus vite, jusqu'à ce qu'elle atteigne le pas de course. Elle espère que l'escalier en colimaçon débouchera sur les cachots, mais il n'en est rien. Elle descend et descend sans jamais s'arrêter, s'enfonçant toujours plus loin dans les profondeurs de la terre, comme si l'escalier était sans fin. Elle s'arrête seulement lorsque le décor de pierre se met à tourner autour d'elle. Les murs de l'escalier perdent soudainement de leur consistance et se mettent à vaciller d'étrange façon. La jeune fille, nauséeuse, soupçonne que le songe tire à sa fin. C'est avec soulagement, mais aussi avec tristesse, qu'elle ferme les yeux et se laisse envelopper par le néant. Son voyage de retour est accompagné d'un murmure. La voix qui s'adresse doucement à elle est celle d'un ami, d'un amour : « Si notre ami Tyr a raison, lui chuchote Razan à l'oreille, le dix-huitième chant ne s'enseigne pas. Il paraît que c'est celui de l'amour. Tu te souviens ? "*Love… This is just love.*" » Arielle revoit Razan en train de sourire, puis d'ajouter : « J'espère que ce baiser nous sauvera tous les deux, princesse. » *J'espère qu'il nous sauvera tous,* songe-t-elle.

Lorsqu'elle ouvre les yeux, la jeune fille est de retour dans le présent. Fortement troublée par ce qu'elle a vu dans le songe, elle réalise toutefois qu'elle doit se ressaisir, et vite. Ce n'est pas le moment de se laisser aller. « *Le futur est toujours en mouvement* », lui a dit Hel. *Les choses peuvent donc être changées. Inutile de pleurer pour des gens qui ne sont pas encore morts*, songe Arielle en observant Brutal à ses pieds. L'animalter n'a pas bougé. Il est endormi et respire bruyamment, ce qui rassure sa maîtresse. Il est toujours là. Il est toujours vivant.

L'élue est toujours assise dans l'hélicoptère en compagnie d'Elizabeth et des alters. En regardant l'heure sur le cadran de la cabine, elle constate que plus de deux heures se sont écoulées depuis qu'elle s'est endormie. Elle jette un coup d'œil par un des hublots. L'hélicoptère ne survole plus la Manche à présent.

— Nous avons survolé la côte ouest de l'Angleterre, l'informe Elizabeth, et nous traversons maintenant la mer d'Irlande. Le Chinook a une autonomie d'essence de plus de deux mille kilomètres, ajoute la jeune kobold en parlant de l'hélicoptère. Assez pour faire l'aller-retour entre la fosse d'Orfraie et l'île de Man.

— L'île de Man…, murmure Arielle. Alors, c'est l'endroit où nous allons?

Elizabeth répond par l'affirmative.

— Selon certaines légendes, cette île deviendra Okolnir, la régence de Midgard. À même les flancs du mont Snaefell sera façonné le château de Brimir, là où il est dit que Kalev de Mannaheim régnera sur les hommes. Snaefell signifie «montagne enneigée» en vieux norrois. On raconte que, du sommet, le roi et la reine de Midgard pourront apercevoir les pics enneigés des territoires de l'Issland et du Nordland, soit le Danemark, la Norvège, la Suède, la Finlande, les pays baltes, l'Islande et le Groenland.

Elizabeth marque un temps avant de continuer :

— Pour l'instant, Loki et Angerboda ont établi leurs quartiers dans le château de Peel, sur l'île de Saint-Patrick. Certains érudits prétendent que Peel serait la légendaire Camelot, citadelle du roi Arthur, et que l'île de Saint-Patrick serait en vérité l'île mythique d'Avalon. Mais, bien sûr, ce ne sont que des hypothèses, conclut-elle avec une lassitude évidente, comme un guide touristique qui répète le même laïus pour la énième fois.

— Pourquoi Loki et Angerboda ont-ils choisi de venir ici ? demande Arielle.

— Loki souhaite non seulement devancer Kalev et ses partisans, répond Elizabeth, mais aussi les provoquer. Et ça semble fonctionner.

— Mais la légende dit que…

— Loki et Angerboda n'accordent aucune importance à ce foisonnement de légendes et de prophéties absurdes. Si Loki a décidé que l'île de Man lui appartenait, eh bien, elle lui appartient. Ce n'est ni un homme, si vaillant soit-il, ni une légende qui pourra changer ça.

— La côte est en vue, annonce le copilote. Nous approchons de Castletown.

— Parfait. On tient le cap : toujours au nord, jusqu'à l'île de Saint-Patrick, ordonne le pilote.

À l'horizon, Arielle distingue un phare qui se dresse à l'extrémité d'une péninsule.

— Le phare Langness, précise Elizabeth qui a suivi son regard. L'un des nombreux phares de l'île de Man à avoir été construits par la Northern Lighthouse Board. Et tu sais qui étaient leurs meilleurs ingénieurs ? Thomas et David Stevenson, le père et l'oncle de Robert Louis Stevenson. Ils ont justement dirigé les chantiers de Langness et de Chicken Rock.

Robert Louis Stevenson ? se répète Arielle. *L'auteur de* Docteur Jekyll et Mister Hyde ?

Elizabeth poursuit :

— On a découvert récemment que Robert Stevenson a eu une maîtresse aux États-Unis pendant son séjour là-bas en 1887. La jeune femme est devenue la plus célèbre veuve du Nevada. Elle a été l'une des premières femmes à posséder un ranch et à exploiter seule son élevage. On l'avait surnommée «la première dame de Las Vegas». Elle est morte en 1926, trente-deux ans après Stevenson. Sa meilleure amie a fait graver cette épitaphe sur sa tombe : «À l'intérieur de son petit corps frêle vivait une indomptable volonté, une ambition merveilleuse et un cœur courageux, et elle a affronté la mort comme elle a affronté les problèmes quotidiens de la vie : avec une extraordinaire force morale.»

— Quel était son nom ? demande Arielle.

Elizabeth la fixe dans les yeux.

— Helen J. Stewart.

9

Le passage souterrain creusé par la sève d'Ygdrasil permet à Ael de quitter la grotte de l'Evathfell et de regagner la surface.

Dès qu'elle se retrouve à l'extérieur, la jeune Walkyrie s'éloigne sans tarder du château d'Orfraie. Elle dévale ensuite la colline, puis prend la direction de l'ouest, courant pour atteindre la lisière du bois. Après s'être assurée qu'elle n'a pas été suivie, elle s'enfonce dans la forêt de Brocéliande, qui borde le château à l'ouest et au sud. Sous le couvert des hêtres et des chênes, elle parvient à rejoindre le détachement de chevaliers fulgurs qui l'attend, en faction, dans une clairière, celle-là même où s'est jadis posé le *Danaïde*. La clairière est située non loin de la fontaine de Barenton, là où, selon les légendes arthuriennes, Merlin l'Enchanteur aurait rencontré la Dame du Lac, cette fée qui a remis l'épée Excalibur au roi Arthur et qui a élevé Lancelot du Lac après la mort de son père. « J'y allai en rêvant, rêveur j'en revins, et ce rêve, rêveur me tient », disait Robert Wace à propos de la fontaine de Barenton. Ce poète du XIIᵉ siècle a aussi écrit que l'eau de cette dernière « bout, bien qu'elle soit plus froide que le marbre ». D'après la légende, seuls les hommes appartenant aux peuples du Nord peuvent en boire sans mourir gelés.

On raconte que le tout premier membre de la fraternité de Mjölnir — qui allait plus tard devenir l'ordre des chevaliers fulgurs — était un courageux guerrier venu du nord appelé Berulf de Valdor. C'est après avoir bu l'eau de la fontaine de Barenton que Berulf aurait été interpellé par le dieu Thor lui-même, qui lui aurait alors livré le secret de la fabrication des marteaux mjölnirs. Le dieu lui aurait ensuite demandé de regrouper ses meilleurs frères combattants et de former une société secrète dont la mission serait de veiller sur une paire de médaillons magiques, les demi-lunes, ainsi que sur leurs futurs porteurs, que Thor aurait décrits comme les deux élus d'une ancienne prophétie elfique. C'est à partir de ce jour, dit-on, que Berulf de Valdor aurait changé de nom pour celui d'Ulf Thorvald. Il aurait exigé la même chose de tous ses frères d'armes, ceux qu'on surnommait les « cénobites de la fraternité de Mjölnir ». Chacun d'eux aurait alors modifié une ou plusieurs parties de son nom pour l'associer à celui de Thor, son maître, le protecteur d'Asgard. En agissant ainsi, non seulement les cénobites témoignaient de leur respect et de leur loyauté envers le dieu, mais ils dissimulaient également leur identité, et de brillante façon.

C'est ainsi que plusieurs patronymes de l'époque ont pris des allures, disons, plutôt singulières : Ecoffey est devenu Thorffey, Arguettaz est devenu Thorguettaz, Charvoz est devenu Thorchar, Morghall est devenu Thorghall, Valdsson est devenu Thorvaldsson, etc. Et la tradition s'est depuis poursuivie : dès qu'elles sont faites chevaliers, les nouvelles recrues fulgurs doivent obligatoirement modifier leur patronyme pour lui donner une consonance semblable à celui de tous les autres fulgurs.

— Où sont les elfes ? demande Nathan Thorville, le commandant de l'unité.

— Ils sont morts, lui répond Ael sur un ton cassant.

Elle passe devant Thorville sans le regarder, puis fonce en direction de l'un des véhicules tout-terrains à bord desquels les fulgurs sont arrivés jusqu'ici.

— Dépêchez-vous ! ordonne la Walkyrie tout en ouvrant la portière du premier véhicule. Mais qu'est-ce que vous attendez ? Il faut retourner à Rennes et vite !

Les jeunes chevaliers s'empressent d'obtempérer. Ils grimpent tous à bord des quatre-quatre et font démarrer les moteurs. En file indienne, les tout-terrains s'engagent sur l'étroit chemin menant hors de la forêt de Brocéliande. Quelques minutes plus tard, ils abandonnent le sentier pour emprunter la route principale, traversent le village de Folle-Pensée, puis se dirigent vers le sud, en direction du Châtenay, et enfin vers l'est. Ils se rendent jusqu'à Paimpont et enfilent la rue du

Roi-Arthur, puis la nationale 24. De là, il leur faut un peu moins de trente minutes pour atteindre la banlieue de Rennes, territoire libre que n'occupent pas encore les forces alters. Le détachement fulgur passe devant l'aéroport de Rennes, mais ne s'y arrête pas ; les chevaliers accompagnent plutôt Ael jusqu'à un terrain vague où se dresse un bâtiment décrépit. Il s'agit de l'une des filiales abandonnées de l'école de parachutisme Sigmund & Cardin. Sur l'unique piste de l'école attend un jet privé, anciennement exploité par Maughold Airlines, la compagnie aérienne appartenant à Karl Sigmund et à Laurent Cardin, mais dorénavant enregistré au nom de Goldfax and Associates — une société fantôme de la Volsung. Une fois qu'ils ont déposé la jeune Walkyrie sur la piste d'envol, les chevaliers fulgurs reprennent la route, vers le nord cette fois, en direction du Mont-Saint-Michel. C'est au cœur de cet îlot que se trouve l'abbaye Magnus Tonitrus, le repaire des chevaliers fulgurs de la loge Europa à laquelle sont rattachés les fulgurs de Bretagne.

Ael s'empresse de monter dans le jet et ordonne au pilote de procéder au décollage. Direction : l'aéroport international John-F.-Kennedy de New York. Le vol se déroule sans problème. Les quelques heures que doit durer la traversée de l'Atlantique permettront à Ael de se plonger dans les divers bouquins que le service de recherche de la Volsung lui a fournis. Le livre qui lui paraît le plus intéressant est intitulé *Légendes de Midgard* et traite principalement des dieux de la mythologie nordique et de leur fameux crépuscule, une sorte d'apocalypse qu'on désigne parfois sous le nom de Ragnarök. *Il semble que ce ne sera pas seulement la fin des dieux,* songe Ael en lisant, *mais aussi celle des hommes. Si tout ce qui est prédit dans ce bouquin se révèle exact, alors l'humanité risque de passer un mauvais quart d'heure. Il n'y a que Kalev et le Thridgur qui pourront les sauver. Si les hommes s'entêtent à nier l'autorité de Kalev, alors ils sont tous perdus!* Et dans ce « ils », elle inclut Jason Thorn. *Si seulement il y croyait autant que moi…,* se dit-elle. *Si seulement il avait foi en Kalev de Mannaheim. Nous pourrions être tellement heureux! Thor, je vous en conjure, faites qu'il voie enfin la vérité!*

À l'aéroport J.F.K., Ael est accueillie par un couple de fulgurs nouvellement recrutés par la loge America. Tous trois prennent place à bord d'un gros Suburban de couleur noire et quittent l'aéroport en vitesse. Ils empruntent la 678 avant de s'engager sur la 495 en direction de Manhattan et du centre-ville. Après avoir quitté la 495 pour la 3e Avenue, ils tournent à droite dans la 42e Rue, puis se rendent jusqu'à la 6e Avenue et roulent ensuite jusqu'à Central Park. Le Suburban noir ralentit en passant devant le 23, Central Park South, siège social de la Volsung, et pénètre dans le stationnement souterrain qui se trouve au coin de la 59e Rue et d'East Drive.

Au sixième niveau, le véhicule s'immobilise dans le stationnement réservé au propriétaire du bâtiment, le regretté Laurent Cardin. Une fois le moteur éteint, les occupants du Suburban patientent encore quelques secondes avant d'amorcer leur descente vers le niveau inférieur. Le stationnement réservé n'en est pas vraiment un ; il s'agit plutôt d'un monte-charge camouflé en place de stationnement, et qui sert aussi d'accès principal aux souterrains de la Volsung. Dès que le véhicule disparaît dans le puits du monte-charge, une nouvelle plate-forme asphaltée vient remplacer celle qui s'y trouvait auparavant. Ni vu ni connu.

La première chose que fait Ael après être descendue de la voiture est de se rendre dans les quartiers de Kalev de Mannaheim, alias Karl Sigmund. L'homme est installé à son bureau et feuillette le dernier rapport de la journée, que vient à peine de lui remettre une jeune recrue fulgur. Lorsque Ael entre dans la pièce, le prince lui fait dos. Il ne daigne même pas se retourner pour la saluer.

— Alors ? demande-t-il froidement.

— Ce fut un échec, répond la jeune Walkyrie. Leandrel et Idalvo sont morts, et je n'ai pas réussi à ramener Arielle Queen.

Kalev ne bouge toujours pas, plongé, semble-t-il, dans la lecture de son rapport.

— Sidero progresse de plus en plus rapidement, déclare-t-il sur un ton las. La Russie est passée sous contrôle alter ce matin et déjà… déjà Loki a baptisé son nouveau territoire Hagalland. La semaine dernière, le Canada a été séparé en deux et est devenu le Vendland et l'Iorland. Sans parler du Mexique et des Caraïbes qui forment à présent le Yorland. La planète tout entière appartient aux alters maintenant et…

— À part les États-Unis et certaines régions d'Europe, précise Ael qui s'en veut aussitôt d'avoir interrompu son maître.

— Tais-toi, idiote ! la coupe Kalev. Quel gâchis ! Non mais, quel gâchis !

— Je suis… désolée, murmure la jeune Walkyrie.

— Tout le monde est désolé ! Et j'en ai marre !

— Vous devez rester fort, maître. La survie des hommes en dépend et…

— Ça suffit ! La ferme ! s'écrie Kalev en se retournant cette fois.

Il se lève et, d'un violent coup de pied, expédie sa chaise à l'autre bout de la pièce. Cela n'impressionne pas Ael, qui en a vu d'autres. Ce qui l'inquiète, toutefois, c'est de voir Kalev se mettre dans cet état. Et cela lui arrive de plus en plus fréquemment.

— Tu m'avais promis Arielle Queen ! lui rappelle-t-il. Comment as-tu pu échouer ?

— Arielle… Arielle souhaitait rester avec lui.

— Avec lui ? répète Kalev avec amusement. Mais qui ça, « lui » ?

— Mastermyr. Son frère…

— Quoi ? Tu veux dire qu'elle a préféré suivre cette boîte de conserve plutôt que de revenir ici avec toi ? Tu lui as dit que j'étais là ? que je l'attendais pour l'épouser ?

— Maître, écoutez…

— Sors d'ici, femme ! SORS !

— Oui, maître.

Ael baisse la tête en signe de respect et quitte le bureau de Kalev. *Il fut un temps où jamais je n'aurais accepté de me faire traiter ainsi,* se dit-elle en regagnant le couloir. *Le dernier type qui m'a parlé de cette façon, je lui ai fait avaler ses dents. Tu te ramollis, ma vieille. C'est l'amour qui te rend comme ça ? Mais quel amour, celui que tu ressens pour Jason ? Et lui, le ressent-il encore pour toi, cet amour, après ce que tu lui as fait ? Mais tu n'avais pas le choix,* essaie-t-elle de se convaincre. *Kalev est Kalev, et sans lui Midgard sera détruit. Thor et Lastel me l'ont assuré. Je l'ai compris, et Jason aussi doit le comprendre.*

D'un pas ferme, Ael se rend à la cellule de Jason et de Razan. Elle s'arrête devant et demande au fulgur qui monte la garde de lui ouvrir la porte.

— Eh, le pistolero ! s'exclame Razan en la voyant apparaître dans la cellule. On dirait que ta copine est de retour. Mais sans la mienne, apparemment.

Jason quitte son lit avec empressement et se met debout pour accueillir Ael.

— Bonjour, Jason, lui dit la Walkyrie.

Celui-ci la salue en silence, d'un signe de tête.

— J'ai jamais assisté à des retrouvailles aussi touchantes, se moque Razan. Non mais, qu'est-ce que vous attendez ? Allez, sautez dans les bras l'un de l'autre et échangez un peu de salive, nom d'une pipe !

— La ferme, Razan, lui répond Jason.

— Je n'ai pas réussi à convaincre Arielle de revenir avec moi, confie Ael à Jason.

Le seul nom d'Arielle parvient à ébranler Razan et à lui enlever toute envie de plaisanter.

— Elle va bien ? demande-t-il avec une soudaine amertume.

— Oui, elle va bien, répond la jeune femme.

— Elle ne sait toujours pas que je suis vivant ?

Cette fois, Ael hésite à répondre.

— Allez, tu peux tout me dire, la rassure Razan. On est entre vieux copains, non ?

— Je ne lui ai rien dit, admet-elle finalement. Elle croit toujours que tu es mort.

— « Nul ne connaît la mort s'il ne l'a une fois vue sur un visage adoré », cite Razan.

— C'est de Victor Hugo ? demande Jason.

— Carlo Dossi, écrivain italien, doublé d'un sacré alter.

Ael attrape Jason par le bras et l'entraîne à l'extérieur de la cellule.

— Et moi ? fait Razan. Vous me laissez ici ?

La Walkyrie lui lance un regard impénétrable, sans lui répondre. Elle se charge elle-même de refermer la porte de la cellule, puis s'éloigne en tirant Jason à sa suite.

Un instant plus tard, ils pénètrent tous deux dans ses appartements. Une fois qu'ils sont seuls, Ael claque la porte, pousse Jason contre un mur et lui colle un baiser sur les lèvres.

— Mais qu'est-ce que tu fais ? s'insurge-t-il en tentant de la repousser.

— Ne fais pas semblant, cow-boy, je sais que tu en as envie autant que moi !

La Walkyrie attaque de plus belle.

— Ael ! Arrête ! insiste Jason en tentant de l'éloigner une seconde fois.

Mais c'est peine perdue, le jeune fulgur n'y arrive pas.

— Je suis une Walkyrie, une puissante guerrière mythique, rétorque Ael, et je briserai tous tes os si tu ne la mets pas en veilleuse !

— Ce n'est pas drôle, Ael !

Jason sent qu'elle relâche sa prise, tout juste assez pour lui permettre de s'échapper.

— D'accord, d'accord, ça va, abdique Ael. Je ne vais tout de même pas de te forcer à m'embrasser ! Tu n'en as plus envie, c'est ça ?

— Ce n'est pas une question d'envie, Ael ! Et pourquoi tu as fait ça, hein ? Pourquoi ?

— Je voulais t'offrir… quelque chose.

— Pour m'amadouer, n'est-ce pas ? Ha ! ha ! Elle est bien bonne ! Alors, c'est comme ça que tu espères me convaincre de rejoindre vos rangs ?

— Non, pas comme ça, répond Ael en plongeant la main dans la poche de son manteau.

— Ça fait un an que je te le répète : jamais je ne servirai Kalev, tu m'entends ? Jamais !

Ael fait un pas en arrière, les yeux rivés sur ceux du fulgur, et retire un objet de sa poche. C'est un livre, celui qu'elle a lu dans l'avion.

— Plus rien à faire des prophéties. Il nous suffisait seulement de lire ça, affirme-t-elle en lançant le livre à son compagnon. Il s'intitule *Légendes de Midgard*, et il a été écrit par Michael Bishop, un spécialiste de la question. Tous autant que nous sommes, nous aurions dû nous fier à ce qu'a écrit ce gars-là, plutôt qu'à la stupide prophétie d'Amon.

Jason feuillette le livre, puis revient à la couverture. On y voit une Walkyrie qui, armée d'un grand sabre de glace, défend un guerrier agonisant devant une créature maléfique. Jason ne peut détacher son regard de l'image. Cette Walkyrie lui rappelle Bryni. *Sans elle et son sacrifice*, se dit-il, *ce guerrier sur la couverture, ça pourrait très bien être moi.*

Ael s'impatiente. L'attitude de Jason l'énerve, mais elle est incapable de s'expliquer pourquoi. Jusqu'à ce qu'elle réalise que son agacement n'a rien à voir avec lui, mais concerne plutôt Bryni. De la jalousie, c'est ce qu'elle ressent. Elle sait à quoi pense le jeune fulgur et cela lui déplaît considérablement. Après tout, cette foutue Walkyrie est la femme qui connaît le mieux Jason, non? Elle a passé plus de soixante ans en sa compagnie, dans cette cellule de la fosse d'Orfraie. *Il ne faut pas me prendre pour une idiote*, songe Ael. *Impossible qu'il ne se soit rien passé entre eux pendant toutes ces années.* Elle s'interroge ensuite sur elle-même et sur les motivations qui l'ont poussée à devenir une Walkyrie. *En tant qu'alter, tu ne pouvais pas rivaliser avec elle. Mais maintenant, tu le peux. Te sacrifieras-tu un jour pour lui? Oh que non! Si tu donnes un jour ta vie pour quelqu'un, ce sera pour Kalev de Mannaheim, et personne d'autre*, se jure la jeune femme.

— Page 310, déclare-t-elle enfin sur un ton autoritaire. Jason, lis à voix haute, s'il te plaît!

Le chevalier acquiesce en silence, ouvre le livre à la page indiquée et commence sa lecture:

— «Le dernier combat sera précédé par de nombreux présages. Au début, les hommes connaîtront une longue période de refroidissement, qu'ils nommeront Darkimvir, le Terrible-Hiver. La neige et le froid recouvriront le monde entier. La nature se figera au même rythme que la glace s'épaissira. Plus un oiseau ne chantera, plus un ruisseau ne coulera. Le vent du Nordland balaiera tout sur son passage : il soulèvera les maisons, déracinera les arbres, fera sombrer les navires et tuera les hommes. Le soleil disparaîtra, abandonnant la Terre à un ciel sombre et froid. Trois autres Darkimvir succéderont au premier, pires encore. Sans le soleil, la saison des chaleurs ne poindra pas. Ces longues années noires seront témoins d'une guerre atroce. Jamais les peuples du Nord n'auront connu d'aussi humiliantes défaites. »

Jason lève un instant les yeux et les pose sur Ael.

— Le règne de la Lune noire…, souffle-t-il.

La jeune fille fait oui de la tête.

— D'après ce texte, continue Jason, le Terrible-Hiver sera suivi par trois autres. Entre deux saisons froides, aucun répit, ce qui signifie que cette période de dévastation durera quatre ans.

— Pendant l'hiver, les abeilles hivernent, déclare Ael en fixant le vide. On ne les voit plus. Si cet hiver dure trop longtemps, elles finiront par mourir…

Jason lève un sourcil tout en affichant un air perplexe.

— Quel est le rapport?

— Tu sais ce que disent les apiculteurs ? « Si l'abeille venait à disparaître, l'espèce humaine n'aurait plus que quatre années à vivre. » C'est une citation d'Albert Einstein qui était lui-même un fervent ami de ces insectes.

— Tu insinues que si les abeilles en viennent un jour à s'éteindre, c'est l'espèce humaine tout entière qui s'éteindra avec elles ?

— Ce que je dis, c'est que rien ni personne ne survivra à ce Terrible-Hiver.

D'un signe, la Walkyrie incite Jason à reprendre sa lecture.

— « Fils d'humains et fils de dieux s'affronteront. Entre eux, que la haine et la violence. Ce sera l'ère du sang et de la mort. Épées et boucliers s'entrechoqueront au milieu des combats. Seuls les limbes peupleront leur contrée. Hommes et dieux mourront sur et sous la Terre. Dans le ciel, la grande étoile éteinte versera des larmes. Soudain, de la nuit sans chaleur, surgira le loup Skol, qui avalera le soleil. Le feu s'éteindra, et la lumière cessera de guider les peuples du Nord. Les hommes pleureront et supplieront. Le ciel du jour sera vide de tout feu et de tout dieu. Et un autre loup, Hati, émergera alors du vide. Il dévorera la lune et privera la terre des hommes de sa dernière clarté, de sa dernière beauté. Le ciel de la nuit sera vide de toute chaleur et de toute splendeur. »

— Ce loup qui avale le soleil, dit Ael, il fait référence aux médaillons de Skol, ceux dont s'est servi Loki pour provoquer l'éclipse. Le soleil enlève toute puissance aux alters, ou du moins à ceux qui ne maîtrisent pas la possession intégrale. Quant à la lune, elle leur fournit l'énergie vitale, celle qui leur est nécessaire pour exister. Depuis que le soleil a disparu derrière la lune, et que Midgard est plongé dans la pénombre, les alters peuvent donc se déplacer de jour comme de nuit.

— Et ce second loup, Hati, tu as une idée de ce qu'il vient faire dans l'histoire ? Tu crois qu'il pourrait s'agir de la même Hati que nous avons rencontrée dans l'Helheim ?

— Elleira ? Non. Cette traîtresse est bel et bien morte. Elle ne peut avoir aucune influence sur la lune. À mon avis, elle s'est servie de ce nom de légende pour mieux tromper et infiltrer les maquisards du Clair-obscur.

— Peut-être que l'explication nous est fournie plus loin dans le livre, hasarde Jason avant de se remettre à lire : « Libéré des entraves qui le retenaient, le grand loup Fenrir pourra enfin avancer. Le fils de Loki et d'Angerboda marchera droit et ouvrira ses gigantesques mâchoires pour se nourrir des faibles. Ses crocs blancs et ses griffes acérées luiront dans la nuit noire et froide, répandue sur tout Midgard. Au bord du monde, ses yeux de prédateur se fixeront sur un raz-de-marée qui aura pris naissance dans les profondeurs des océans. Une vague immense dévorera les côtes et s'abattra comme une lame sur les hommes abandonnés par leur dieu. La mer détruira ports et villages, et l'eau de la mort sera versée. C'est à Jörmungand-Shokk, le Serpent de Midgard, que l'on devra cette inondation. Il bondira hors de l'eau et se vautrera sur la plage. De sa bouche énorme émergera un cri de rage furieuse lorsque deux jambes d'homme l'aideront à se lever. L'autre fils de Loki et d'Angerboda marchera droit lui aussi. »

— Voilà pourquoi nous devons aider Kalev de Mannaheim, le futur roi de Midgard, affirme Ael sur un ton péremptoire: afin que soient vaincues une fois pour toutes ces maudites créatures. Une fois débarrassée de Fenrir et de Jörmungand, l'armée des hommes, sous les ordres de Kalev, pourra s'attaquer à Loki et à Angerboda. Privés de leurs deux fils, ils seront vulnérables.

Jason est un peu plus sceptique que sa compagne.

— Et qui te dit que les hommes suivront Kalev?

— Il est leur prince, leur roi! Les hommes devront s'unir et combattre sous la même bannière s'ils souhaitent un jour récupérer leur royaume. Cette alliance et cette victoire, il n'y a que Kalev qui peut les leur offrir.

— Et que fais-tu d'Arielle?

Ael secoue la tête, désespérée, comme si Jason avait dit une énorme bêtise.

— Arielle a rejoint les peuples de l'ombre. Elle régnera au sein des forces du mal. Elle n'est plus des nôtres, tu comprends? Il n'y a plus d'espoir pour elle.

— Toi aussi, tu as déjà fait partie des peuples de l'ombre, et on t'a bien offert une seconde chance, non?

— Arielle ne reviendra jamais du bon côté! insiste Ael. Ses sœurs et elle sont aussi les enfants de Loki!

Elle arrache le livre des mains de Jason.

— Écoute bien ceci, dit-elle en poursuivant à partir de l'endroit où il s'est arrêté: «À

Mannaheim, le loup Fenrir se déchaînera dans les jardins. Plus grand il ouvrira sa gueule. Sa mâchoire inférieure raclera la terre, et sa mâchoire supérieure repoussera le ciel. Il dévorera l'horizon et creusera sa tanière. Bien à l'abri, un feu terrible jaillira de ses naseaux. Il crachera des flammes, et ses yeux s'illumineront de deux brasiers corrosifs. »

La Walkyrie s'interrompt pour demander à Jason si cette description lui rappelle quelque chose. Le fulgur répond par la négative.

— Jason, ce sont des explosions atomiques, explique Ael. Et ce terrible hiver dont on parle dans le texte, c'est un hiver nucléaire. Si plusieurs explosions surviennent, le ciel s'assombrira de poussière pour des années, ce qui refroidira considérablement la température. L'obscurité et le froid permanents contribueront à faire disparaître plusieurs espèces animales et à rompre la chaîne alimentaire. Les hommes qui, par miracle, auront survécu aux explosions, et ensuite aux retombées radioactives, seront victimes de la famine. Ils mourront de faim.

Jason hoche la tête, sans trop savoir qu'en penser. C'est une vision apocalyptique que lui décrit Ael, mais il a du mal à se la représenter. Après tout, il n'a jamais vu de bombe ou d'explosion nucléaire. Lorsqu'il a été emprisonné dans la fosse d'Orfraie, en 1944, la première bombe atomique n'avait même jamais été testée.

— « Bientôt, un autre seigneur de la nuit, le serpent Jörmungand-Shokk, s'étendra aux côtés du grand loup exterminateur, reprend Ael. Ainsi seront réunis les monstrueux fils de Loki et d'Angerboda. Ensemble, ils répandront la mort ! Le serpent inondera l'air et l'eau de son venin pestilentiel et corrompu... »

Elle relève de nouveau la tête.

— Cette fois, on fait allusion à des armes bactériologiques. Ils combineront frappes nucléaires et attaques bactériologiques : « ... tandis que Fenrir anéantira la terre et les forêts tout autant que les hommes et leur ciel. Jamais il n'y aura eu de massacre plus atroce et plus barbare. »

— Alors, c'est comme ça qu'ils comptent s'y prendre pour exterminer les hommes ? demande Jason.

Sa compagne ne dit rien. Elle referme le livre et le range dans sa poche.

— Kalev est le seul qui puisse empêcher ça.

On entend soudain une forte explosion, accompagnée d'une secousse brève mais puissante. S'ensuit un bruit d'effondrement qui résonne dans tout le refuge souterrain.

— Mais qu'est-ce que c'est que ça ? s'écrie Ael.

Retentissent ensuite les cris des chevaliers fulgurs.

— C'est Razan ! hurle l'un d'entre eux, probablement celui qui montait la garde devant sa cellule.

Deux fulgurs surgissent brusquement dans les appartements d'Ael.

— Madame, venez vite ! Razan s'est évadé !

— Évadé ? répète-t-elle, ahurie.

— Il n'est plus dans sa cellule, madame !

— Impossible! répond Ael en se dirigeant vers la sortie.

Jason lui emboîte le pas, mais est aussitôt intercepté par les deux fulgurs.

— Pas si vite, mon grand!

— Laissez-le! leur ordonne la Walkyrie. Jason, suis-moi!

À contrecœur, les deux gardes s'écartent pour laisser passer le prisonnier, qui ne manque pas de leur adresser un sourire narquois.

— Que voulez-vous, leur dit-il, elle m'aime!

Un épais nuage de poussière a envahi le couloir reliant la zone habitable au quartier des détenus. *Et comment peut-il s'être évadé? Grâce à un tour de magie?* se demande Ael en traversant le couloir d'un pas rapide. Lorsqu'elle arrive enfin devant la cellule de Razan, elle remarque que la porte a été soufflée à l'autre bout de la pièce.

— Madame, ils sont passés par le métro, explique un des fulgurs qui se trouvent sur place.

— Tu as bien dit… le métro?

Le chevalier acquiesce:

— La ligne Broadway passe tout près d'ici, madame.

Ael se presse d'entrer dans la cellule. À peine a-t-elle franchi le seuil de la porte qu'elle s'arrête net. Elle n'en croit pas ses yeux: devant elle, il n'y a plus qu'un gros trou noir. Le mur du fond s'est effondré, créant une ouverture assez grande pour laisser passer un homme. C'est par là que Razan s'est échappé.

Jason pénètre à son tour dans la cellule, mais reste derrière Ael.

— Faudra tout repeindre, c'est certain, lance-t-il en constatant l'ampleur des dégâts. Vous avez une assurance ?

— Très drôle, cow-boy, rétorque Ael. C'est le genre d'idiotie que Razan aurait dite.

— Désolé. J'ai dû passer trop de temps en sa compagnie.

— Il s'est servi d'un explosif artisanal, affirme l'un des fulgurs après avoir examiné une petite pièce de métal retrouvée par terre. Voici ce qu'il reste du détonateur, ajoute-t-il en tendant le fragment à Ael.

La Walkyrie fixe le morceau de métal en silence, puis reporte son regard sur l'énorme trou qui occupe le mur du fond. *Mais qui peut bien avoir organisé cette évasion ?* se demande-t-elle. *Razan n'a pourtant pas d'amis…*

— Vous voulez qu'on se lance à sa poursuite, madame ? lui demande un jeune fulgur.

Ael se tourne vers la recrue et la fusille du regard.

— Quoi ? Ce n'est pas déjà fait ? Vous savez comment Kalev réagira lorsqu'il apprendra que Razan s'est enfui, emportant avec lui son précieux corps ?

— Mais madame…

— Évidemment que vous devez vous lancer à sa poursuite ! s'écrie Ael, sachant qu'elle devra affronter seule la colère de Kalev. Allez ! plus vite que ça, bande de crétins !

10

*Le Chinook se pose dans la cour
intérieure du château de Peel, sur
la petite île de Saint-Patrick.*

Dès que les roues de l'appareil touchent le sol,
les alters abandonnent leur siège et ouvrent la
portière. Brutal bondit aussitôt sur ses pattes ; il
est le premier à sauter à terre. Elizabeth enjoint à
Arielle de la suivre, et cette dernière obéit sans
protester. Une fois descendue de l'hélicoptère,
l'élue aperçoit Mastermyr quittant sa cabine
privée, à l'arrière. L'Elfe de fer ne lui accorde
même pas un regard et se dirige tout droit vers le
bâtiment principal du château, en forme de croix,
qui se trouve à l'est du petit îlot rocheux. C'est
aussi vers cet endroit que la conduit Elizabeth.
Arielle note que les bâtiments ont été rénovés
récemment, sans doute par les alters. *Il ne devait y
avoir que des ruines ici,* songe-t-elle en constatant
l'aspect délabré et dénudé de certains des
bâtiments, qui n'ont pas encore été remis à neuf.

Elizabeth, Arielle et Brutal pénètrent dans le hall immense du château de Peel. Des alters armés les escortent ensuite jusque dans la grande salle, la pièce qui se trouve le plus à l'est du bâtiment. Le portail, grandiose, s'ouvre devant les deux femmes et l'animalter, et tous les trois font leur entrée ensemble. À l'intérieur de la salle, on peut voir une estrade sur laquelle s'élèvent trois trônes : deux grands et un plus petit. Les individus qui y sont assis sont de jeunes adultes, à peu près du même âge. Leurs traits, à mesure qu'Arielle s'approche, lui semblent de plus en plus familiers. Sur les deux grands trônes sont installés Rose et Émile. Depuis qu'elle connaît l'identité du traître, l'élue sait que son amie Rose est en réalité Angerboda. Et elle arrive à deviner la présence maléfique de Loki, son père, à l'intérieur du garçon qui est assis à côté d'elle. *Qu'ont-ils fait de toi, Émile ?* soupire Arielle en elle-même. *Es-tu toujours présent à l'intérieur de ce corps ? Ont-ils chassé ton âme ou l'ont-ils simplement détruite ?* Le plus petit trône, quant à lui, est occupé par Tomasse Thornando. *Par le corps de Tomasse Thornando, plutôt*, se ravise Arielle, se souvenant que l'esprit du fulgur a été remplacé par celui de Noah Davidoff. Est-elle soulagée de revoir enfin Noah, de savoir qu'après son départ de l'Helheim, il n'a pas erré entre le royaume des morts et celui des vivants, comme elle le craignait ? Se réjouit-elle de constater qu'il est bien rentré sur la Terre sain et sauf ? Elle n'en sait rien. Elle ne semble plus res- sentir quoi que ce soit pour lui, si ce n'est de l'indifférence. *Qui aurait cru qu'un jour on en viendrait là ?* songe-t-elle avec tristesse.

Arielle, Elizabeth et Brutal s'arrêtent devant les marches de marbre qui mènent aux trônes. *Lequel d'entre eux est l'usurpateur ?* se demande l'élue en observant tour à tour Loki, Angerboda et Noah. Elle se souvient de la description que lui en a faite Absalona : « On désigne ainsi le tyran qui s'alliera à l'Elfe de fer pour régner sur les dix-neuf Territoires. Ensemble, ils chasseront le soleil et feront planer l'ombre de la Lune noire sur Midgard. Je pourrais te dire leur nom, mais cela modifierait tes choix et tu emprunterais alors des chemins différents. Des chemins qui mènent à la destruction. » *Alors, cet usurpateur ne peut être que Loki*, en conclut Arielle. Mais pourquoi a-t-elle l'impression que c'est Noah ?

De part et d'autre de cet escalier se tiennent trois hommes. Arielle reconnaît l'un d'entre eux : c'est Fenrir, l'homme-loup qui s'en est pris à elle dans le songe du futur. Le deuxième homme a l'air plus vieux. Ses traits sont durs et ressemblent à ceux d'une vipère ; il s'agit certainement de Jörmungand-Shokk, le Serpent de Midgard. Le troisième a l'air d'un militaire. Il a les cheveux rasés et se tient droit comme une pique. *Sans doute le général Sidero*, se dit Arielle.

— Je suis heureux que tu sois enfin parmi nous, fille prodigue ! lance soudain Loki avec la voix d'Émile. Il y a près d'un an que nous attendons ton retour avec impatience !

Arielle ne dit rien. Elle promène son regard dans la salle et aperçoit Mastermyr. Il se tient légèrement en retrait, près du mur de pierre. La jeune élue a tôt fait de remarquer le *vade-mecum* des Queen entre ses mains. *C'est bien ce que je craignais*, songe-t-elle. *Il compte s'en servir, et très bientôt, d'après ce que je peux voir.*

— Tu me sembles fatiguée, Arielle, déclare ensuite Rose, du haut de son trône.

Brutal émet un grognement discret à la droite de sa maîtresse.

— Tout va bien, le rassure cette dernière, ne t'inquiète pas, mon fidèle ami.

Elle pose une main rassurante sur le front de l'animal.

— Tu n'es pas heureuse de me revoir?

Cette fois, c'est Noah qui a parlé. Arielle relève la tête et le fixe dans les yeux.

— Pour être honnête, je ne sais pas.

— Tu ne sais pas? s'offusque le jeune homme.

— Que fais-tu sur ce trône, en compagnie de Loki et d'Angerboda?

— Je suis à ma place, rétorque Noah. Ce trône est celui du roi de Midgard, et il me revient…

— Ce trône est le plus petit des trois, fait remarquer Arielle avec dédain. C'est un outrage! Jamais le vrai roi de Midgard n'accepterait de prendre place à cet endroit. Comment as-tu pu te laisser convaincre d'occuper ce siège? J'ai honte pour toi, Noah!

Troublé, Noah examine son trône, puis ceux de Loki et d'Angerboda.

— Je… je ne suis qu'un homme, dit-il pour essayer d'expliquer sa situation. Loki et Angerboda sont… Ce sont des dieux, Arielle.

— Faux! Angerboda n'est pas une déesse. C'est une sorcière!

— Merci du compliment, ma chère, fait la principale intéressée.

Noah quitte son trône et descend l'escalier de marbre à la rencontre d'Arielle.

— Je suis le roi et tu es ma reine, affirme-t-il en approchant ses mains des siennes.

Le garçon espère que leurs mains se joindront et qu'ils s'embrasseront, mais ce n'est pas ce qui se produit: en voyant qu'il tente de s'approcher, Arielle fait un pas en arrière. Noah discerne le mépris sur son visage et cela l'attriste profondément.

— Je savais que tu ne m'aimais pas, mais j'ignorais que tu me détestais.

Arielle secoue la tête.

— Je ne te déteste pas, Noah. C'est juste que… tu te trompes. Je ne suis pas ta reine. Et tu n'es pas le roi.

La colère remplace la tristesse dans le regard de Noah.

— Mon nom est Nazar, proclame-t-il en serrant les dents. Et je suis l'unique souverain de Midgard!

— Non, tu ne l'es pas, répète Arielle.

Noah fixe la jeune élue pendant un moment, puis, incapable de se retenir, la gifle sauvagement. Brutal pousse un rugissement furieux.

— Dis-le! exige Noah. Je veux l'entendre de ta bouche, Arielle!

Les traits crispés, l'élue relève lentement la tête. « *N'as-tu pas envie de lui broyer les os?* intervient Hel. *Avec tes pouvoirs de demi-dieu, tu le*

pourrais, ma chérie. Tu n'as pas envie d'essayer?
Allez! juste une fois!»

— Midgard n'a qu'un seul roi, déclare Arielle. Et ce roi est Kalev de Mannaheim, le fils de Markhomer.

Noah assène une seconde gifle à Arielle, encore plus forte que la première, puis l'agrippe par le revers de son manteau.

— Je ne peux pas croire que tu me préfères cet idiot de Kalev! crache-t-il en la tirant vers lui.

Il essaie de l'embrasser, mais Arielle le repousse, sans y mettre toute sa force cependant. «*Mais qu'attends-tu pour te défendre, idiote?!* la sermonne Hel. *Qu'il te brise quelque chose? Je t'ai connue plus agressive que ça, sœurette. Allez, rentre-lui dans le lard!»*

Toutefois, Noah n'a pas dit son dernier mot. Non seulement la réaction d'Arielle l'a offensé, mais elle a aussi attisé sa colère. Il revient à la charge et tente une nouvelle fois de l'embrasser. Cette fois, c'est Brutal qui réagit. Il bondit sur lui, la gueule toute grande ouverte. Ses puissantes mâchoires s'apprêtent à se refermer sur l'avant-bras du jeune homme lorsqu'une force inattendue frappe l'animalter et le projette au loin avant qu'il n'ait le temps de mordre. Cette chose qui s'est interposée entre Noah et l'animalter n'est autre que Mastermyr. Dès qu'il a deviné les intentions de la bête, l'Elfe de fer s'est précipité en direction de Noah, visiblement pour le protéger contre l'attaque du fauve. La réaction de Mastermyr a été si vive que même Arielle ne l'a pas vu approcher. C'est un peu comme si l'elfe s'était téléporté d'un endroit à l'autre sans faire le moindre mouvement.

— On s'y fait, crois-moi, lui glisse Elizabeth à l'oreille.

Arielle se tourne vers Brutal. Le coup de Mastermyr l'a expédié à plusieurs mètres, mais, fort heureusement, l'animalter ne semble pas blessé. À peine est-il ébranlé.

Pourquoi Mastermyr s'est-il porté aussi vite à la défense de Noah? se demande l'élue.

— Il est chargé de me protéger en toutes circonstances, explique Noah qui devine son incompréhension. Le plus puissant guerrier du royaume affecté à ma protection personnelle, tu te rends compte? Ça veut dire quelque chose, non?

— Tu te berces d'illusions, mon pauvre Noah.

— Gardes! s'écrie soudain Fenrir tandis que Brutal se remet sur ses pattes. Occupez-vous de lui!

Les super alters du général Sidero se regroupent alors autour de Brutal, qui se met à grogner en les voyant approcher. Sentant le danger, ils dégainent leurs épées fantômes et s'en servent pour tenir l'animalter à distance. S'il ne reste pas tranquille, ce dernier risque de passer au couperet.

— Attendez! implore Arielle.

Elle revit la scène du songe, dans laquelle Brutal a été assassiné par les gardes prétoriens. L'animalter lui avait adressé un dernier sourire en guise d'adieu.

— Ne lui faites pas de mal! insiste-t-elle.

— C'est presque touchant, lance Loki, vraiment!

Angerboda approuve d'un sourire.

— Enfermez-le dans la tour, ordonne Fenrir, avec les autres bêtes! Et s'il oppose la moindre résistance, tuez-le!

— Il a seulement voulu me défendre! proteste Arielle. N'est-ce pas là le premier devoir d'un animalter: défendre son maître?!

— Tout à fait, répond Noah, mais jamais aux dépens des nobles seigneurs de la cour.

— Les nobles seigneurs de la cour? fait l'élue qui n'en croit pas ses oreilles. C'est bien toi qui as dit ça, Noah?

— J'ai changé.

— Inutile de m'en convaincre, c'est évident que tu as changé… et pas pour le mieux.

Brutal semble s'être calmé. Les alters s'approchent davantage de lui. À la pointe de leur épée, ils l'obligent à sortir de la salle.

— Qu'allez-vous faire de lui? demande Arielle. Que va-t-il lui arriver dans cette tour?

— Rien, assure Angerboda. Nous allons simplement le garder là-bas. Pas pour très longtemps, en réalité. Jusqu'à ce que tu te décides à te rallier…

— Me rallier? Mais me rallier à quoi?

— À notre cause, bien sûr, répond la sorcière.

— Faudra me lobotomiser pour ça!

— Tu rends tout plus difficile, Arielle, intervient Noah. Pourquoi t'obstiner? Viens avec moi, là, maintenant, et nous régnerons ensemble sur ce monde!

— Tu ne régneras jamais sur Midgard! Loki et Angerboda te manipulent, ils se servent de toi. Tu ne le vois donc pas? Comment peux-tu être aussi aveugle, Noah?

Le garçon inspire profondément avant de déclarer :

— Tu me déçois beaucoup, Arielle. Mais ça n'a plus tellement d'importance maintenant, car tu te marieras avec moi, que tu le veuilles ou non.

Arielle voit le général Sidero, derrière, qui lance un regard interrogateur en direction de Loki.

— Ne vous en faites pas, général, lui dit le dieu, nous vous trouverons une autre femme.

— Mais, mon seigneur…

— Taisez-vous, militaire ! crie Noah au général. Il est trop tard, l'arrangement est déjà fait : c'est moi qui épouserai Arielle Queen lorsqu'elle aura enfin rejoint nos rangs.

— Il apprend vite, le petit, non ? fait Loki de son trône.

— Je ne me marierai jamais avec toi, Noah, affirme Arielle sur un ton de défi.

— C'est ce qu'on va voir, réplique le garçon en faisant signe à Mastermyr de s'approcher.

La jeune élue redoute le pire. Elle fixe son regard sur l'Elfe de fer et le voit poser sa main sur le *vade-mecum* des Queen. Ce geste, anodin en apparence, confirme ses plus grandes craintes. Il n'y a plus de doute maintenant dans son esprit : Mastermyr se prépare à réciter l'Appel synchrone.

11

Au moment de l'explosion, il a bien cru que sa dernière heure était venue. Encore une fois.

Mais, à sa grande surprise, Razan est toujours vivant. Aveugle et sourd, mais vivant. Il n'a aucune idée de ce qui vient de se produire. Il tente de s'asseoir sur son matelas, pour chasser de la main les débris qui lui sont tombés dessus, mais il est aussitôt attrapé par deux paires de bras qui le tirent hors de son lit. L'air, dans la cellule, est rempli d'une fine poussière qui l'empêche de respirer. Heureusement, on s'empresse de lui passer un masque à gaz sur la tête afin de lui éviter l'asphyxie. Qu'importe qui sont ces hommes, le garçon leur en est fort reconnaissant. *Je peux survivre à bien des choses,* se dit-il alors que sa vision et son ouïe ne sont toujours pas revenues, *mais je ne supporte pas de suffoquer!* On l'empoigne ensuite par les bras et on le force à avancer. Sa nature étant ce qu'elle est, Razan s'agite et tente de se dégager, mais il comprend vite qu'il ne peut résister à ses assaillants ; ils sont beaucoup trop forts. *Ils ne sont pas humains,* en conclut-il. *Des alters, assurément. Mais que me veulent-ils ?* On l'arrache de sa cellule. *On n'est pas passés par la porte,* réalise-t-il. Il suppose que l'explosion a créé une brèche dans le mur. C'est sans doute par là que ses mystérieux alliés l'ont fait s'évader.

— Qui êtes-vous ? demande Razan, tandis qu'on l'oblige toujours à avancer.

Quelqu'un lui répond, mais ses paroles demeurent inaudibles pour le jeune homme, qui ne perçoit qu'un vague murmure. *Au moins, je ne suis pas totalement sourd,* se dit-il, légèrement rassuré. Son ouïe revient peu à peu, de même que sa vision. Le voile noir qui obscurcissait sa vue jusque-là paraît déjà beaucoup moins opaque. Razan réussit à distinguer du mouvement autour de lui, et même de la lumière. Les sons se précisent davantage, et les marmonnements sourds de tout à l'heure commencent à ressembler à des voix plus soutenues. Certaines de ces voix lui paraissent même… familières.

— … calme, Razan, entend-il.

Cette voix, il la connaît. Il l'a déjà entendue auparavant. Sa vue s'éclaircit de plus en plus. Si rien n'est encore très net, c'est qu'il se trouve dans un tunnel étroit où règne une pénombre oppressante. *Normal, on est sous la terre,* songe-t-il. *Peur de manquer d'air, phobie des espaces clos… Dis donc, tu ne serais pas un peu claustrophobe, mon gars ? Et d'où ça te vient, cette saloperie ?*

Traumatismes de l'enfance ? Pour ça, il faudrait que tu aies eu une enfance, idiot ! conclut-il en repensant à Mikaël Davidoff et à ses fameuses parties de pêche qui ont pourri leur jeunesse, à Noah et à lui.

— Ils ne tarderont pas à envoyer des gardes à notre poursuite, déclare une voix d'homme.

Celle-là, Razan ignore à qui elle appartient.

— C'est bien possible, répond une autre voix inconnue, celle d'une femme cette fois. Il ne faut pas traîner ici !

On tire avec davantage de force sur Razan pour le faire avancer plus vite.

— On se dépêche ! ordonne la femme. Le Caravage n'est plus tellement loin !

Le Caravage ? s'interroge le garçon. *C'est quoi, ce truc ?* Il doit bien y avoir une demi-douzaine de silhouettes autour de lui. Sa vision n'est pas encore assez bonne — ou peut-être n'y a-t-il pas suffisamment d'éclairage — pour lui permettre de discerner leur visage. Une chose est sûre, cependant : ils avancent tous au pas de course, et lui-même n'a d'autre choix que d'accélérer la cadence s'il veut arriver à les suivre. Mais est-ce qu'il le souhaite réellement ? *C'est toujours mieux que pourrir dans cette saleté de cellule,* se dit-il, *avec ce fou furieux de Kalev qui vient tous les jours essayer de me piquer mon corps.* Jusqu'ici, son héritage berserk l'a protégé contre les tentatives acharnées de Kalev, mais qui sait combien de temps encore cette barrière ou cette protection aurait fonctionné. *Non, je suis mieux avec la femme,* se convainc Razan. *Et elle a une superbe voix en plus!* Les mots du vieil homme résonnent soudain dans son crâne, comme chaque fois qu'il est question de son sang berserk: «*C'est moi...,* assure la voix, *moi qui ai ravivé cette rage dans ton sang... pour que tu te débarrasses enfin de lui... pour que tu te débarrasses de Mikaël et que tu puisses enfin retrouver la paix, mon fils.*» Cette voix, ces paroles, Razan les entend tous les jours, et cela l'exaspère à tel point qu'il en vient parfois à s'adresser directement au mystérieux messager.

— Mais qui es-tu, vieil homme? demande-t-il alors à voix haute. Finiras-tu par me dire ton nom?

Mais il n'obtient jamais de réponse, pas plus qu'aujourd'hui.

— Nous y voilà! s'écrie la femme. Ouvrez!

La porte devant laquelle ils se sont tous arrêtés est percée dans la paroi du tunnel, celui qu'ils parcourent depuis qu'ils ont quitté la cellule.

— Ouvrez! répète la femme, impatiente.

La porte s'ouvre enfin, mais très lentement, et dans un long grincement métallique.

— Entrez! ordonne la femme. Vite! Vite! Vite!

Razan et ses ravisseurs ne tardent pas à s'engouffrer dans la pièce. C'est seulement à l'intérieur, et une fois la porte refermée, que le garçon est autorisé à enlever son masque à gaz, ce qu'il fait avec empressement. Le visage enfin dégagé, il prend une grande inspiration. Il est soulagé de respirer de l'air frais, mais surtout de constater qu'il a complètement recouvré l'ouïe et la vue. Les premiers regards qui croisent le sien sont ceux de deux animalters. Des dobermans qu'il connaît bien : Geri et Freki.

— Eh ben ! quelle surprise ! s'exclame-t-il sur un ton enjoué. Je ne m'attendais pas à tomber sur Fido et Benji !

— Très drôle, rétorque Geri.

— N'empêche, poursuit Razan, je me disais bien que ces grognements ressemblaient aux tiens, Geri. Et toi, Freki, que fais-tu ici ? Je te croyais mort et enterré !

— J'ai des relations dans l'Asgard, répond le doberman.

— Tu as raison, ça peut aider. Alors, vous êtes venus me tirer des griffes du méchant Kalev et de ses nouveaux petits fulgurs ? C'est gentil !

— T'en fais pas, Razan, ce n'est pas pour tes beaux yeux que nous sommes ici.

— Pour les siens, alors ? fait Razan en désignant la jeune femme.

Trois hommes accompagnent les animalters, en plus de la femme. Tous des alters, à n'en pas douter. La femme est aussi mignonne que Razan se l'imaginait. Et bien roulée, en plus. Elle est séduisante, mais tous les alters le sont, se dit néanmoins Razan. *Geri et Freki, complices des alters ? Pas très rassurant…*

— Vous vous êtes fait de nouveaux copains, à ce que je vois !

— Nous avons des intérêts communs, explique Freki, rien de plus.

— Jolis, vos costumes, lance Razan aux alters. C'est du cuir ?

Il examine brièvement leurs vêtements, puis ajoute :

— Désolé de vous l'apprendre, mais c'est de l'imitation : tissu synthétique, inconfortable, qui favorise la sudation, et surtout… bon marché ! C'est bien ma chance, j'ai été libéré par des alters de seconde zone !

— Ça suffit, Razan, dit la femme. On n'a pas besoin d'entendre ça.

— Simple constatation, chérie. Rien de personnel.

Elle hoche la tête.

— Tu es fidèle à ta réputation, Razan.

— Je sais. Dites, ça vous embêterait de me dire où nous sommes ?

Les dobermans regardent leurs compagnons alters, comme s'ils attendaient une approbation de leur part avant de répondre.

— Tu peux le lui dire, Geri, déclare la femme.

— Nous nous trouvons dans le métro de New York, répond finalement l'animalter.

— Le métro de New York ? répète Razan. Mais alors… Attendez, vous ne seriez pas ?… Non, ce n'est pas possible !

— Oui, c'est tout à fait possible ! rétorque Geri.

— Les alters renégats ?! s'exclame Razan. Pas croyable ! Alors ce sont eux les types qui s'attachent les uns aux autres pendant le jour et qui s'enferment dans le métro pour éviter que leur personnalité primaire sorte se balader ? Honnêtement, je ne croyais pas que cette légende urbaine était vraie ! Je suis surpris… et ému. Pas étonnant qu'ils s'habillent à l'Armée du Salut, les pauvres !

— On raconte que tu as déjà voulu te joindre à nous, Razan, fait l'un des alters mâles. Elle est fondée, cette rumeur ?

— Il me semble l'avoir déjà dit, oui, admet Razan. Mais c'était du bluff. Encore une fois, rien de personnel, les gars ! Je ne me bats pas aux côtés de mecs qui sentent les ordures et qui portent du similicuir. Question de principe !

La femme s'avance vers Razan. Apparemment, elle n'apprécie pas son humour.

— Je ne porte pas de similicuir, mon joli, lui dit-elle. Et je ne fais pas partie des renégats.

Son attitude audacieuse fait sourire Razan. Elle lui plaît bien, cette petite. Elle est culottée et va droit au but. *Mon genre de femme,* se dit-il.

— Qui es-tu, alors ?

— Je fais partie des maquisards du Clair-obscur, répond-elle. En fait, je suis leur chef. Mon nom est Hati. Et je ne porte que du véritable cuir d'Italie.

12

*Arielle ne peut détacher son regard
du livre dont elle s'est servie dans
le passé pour invoquer ses ancêtres.*

La couverture est en cuir, et pas n'importe lequel : il s'agit de la peau tannée de Sylvanelle la quean, la première élue de la lignée des Queen. À l'origine, le *vade-mecum* appartenait aux nécromanciens Alfane et Adhome Sordes, les deux membres fondateurs de la caste des Sordes. Ceux-ci utilisaient le livre magique pour invoquer les morts et faire revivre leur chair décédée. Cela avait son utilité, surtout en temps de guerre. Lorsqu'un conflit éclatait, les Sordes s'empressaient de vendre leurs services aux deux puissances belligérantes. Le plus offrant bénéficiait alors des pouvoirs du livre qui pouvait à lui seul invoquer des hordes immenses de nécro-soldats, afin de combattre les forces ennemies. Et ce n'est pas tout : en l'espace de quelques minutes seulement, le *vade-mecum* pouvait faire revivre une armée qui venait à peine d'être décimée. Les hommes qui avaient perdu la vie au combat se relevaient soudain, ressuscités d'entre les morts, et poursuivaient la bataille contre leurs adversaires. Bien souvent, ceux-ci s'enfuyaient à toutes jambes, terrifiés devant ce qu'ils percevaient comme un acte du diable. Les pouvoirs du *vade-mecum* étaient convoités dans toute l'Europe, et il a fait la fortune de ses maîtres, les Sordes, jusqu'au jour où il a été volé par Sylvanelle la quean. On raconte qu'à l'heure de sa mort, Sylvanelle a arraché la couverture d'origine du *vade-mecum* et l'a remplacée par un lambeau de chair qu'elle avait elle-même prélevé sur sa jambe. À partir de ce jour, le *vade-mecum* n'a plus été utilisable que par les descendants de la lignée des Queen, dont les derniers membres encore vivants sont Arielle et Emmanuel. «Grâce à ce livre, tu pourras vaincre des armées entières», a dit un jour Jezabelle Queen à sa jeune descendante. *C'est la raison pour laquelle le* vade-mecum *est si dangereux,* se dit maintenant Arielle, toujours debout près des trois trônes. *À elles seules, les sœurs reines pourront triompher de toutes les armées humaines, en particulier celles qui résisteront aux alters.*

— En ce temps, en ce lieu, en mon nom, je requiers la présence de mes ancêtres, déclare solennellement Mastermyr.

— Non, Emmanuel, ne fais pas ça! le supplie Arielle.

— Tais-toi! lui ordonne Elizabeth à ses côtés.

— De corps et d'esprits, poursuit Mastermyr, je souhaite que la lignée des Queen se rassemble ici. Pour elles, pour moi, pour en sauver une, pour en sauver mille !

— Tu ne sauveras personne en faisant cela, Emmanuel !

Mais l'Elfe de fer demeure sourd à ses appels.

— De partout, de tous temps, séparés et ensemble, nous lutterons et nous... vaincrons !

Une brise se lève alors dans la salle, signe annonciateur d'une invocation dynastique. L'Appel synchrone a fonctionné. Bientôt, toutes les élues de la lignée des Queen apparaîtront aux côtés de leurs deux descendants. Aussitôt la brise disparue, les jeunes femmes commencent à se matérialiser autour de Mastermyr. Chacune d'elle se nomme et mentionne son époque d'origine :

— Je suis Sylvanelle Queen, de l'année 1152.

— Et moi, Sybelle Queen, de l'année 1191.

— Je suis Maëlle Queen, de l'année 1237.

— Je suis Gwenaëlle Queen, de l'année 1280.

— Et moi, je suis Lunelle Queen, de l'année 1326.

— Darielle Queen, de l'année 1367.

— Gaëlle Queen, de l'année de 1417.

— Je suis Erikaël Queen, de l'année 1460.

— Manaëlle Queen, de l'année 1503.

— Éva-Belle Queen, de l'année de 1547.

— Incroyable..., laisse échapper Noah dans un souffle.

Les ancêtres d'Arielle et d'Emmanuel continuent d'apparaître en cercle autour d'eux.

— Janelle Queen, de l'année 1589.

— Mon nom est Annabelle Queen, de l'année 1627.

— Et le mien, Catherine-Isabelle Queen, de l'année 1690.

— Je suis Chrystelle Queen, de l'année 1741.

— Et je suis Marie-Belle Queen, de l'année 1792.

— Jezabelle Queen, de l'année 1843.

— Raphaëlle Queen, de l'année 1899.

— Et je suis Abigaël Queen, de l'année 1945.

Ne reste plus qu'Arielle, qui résiste tant bien que mal. Mais elle ne parvient plus à se contenir. Elle ne veut pas parler, mais une force mystérieuse l'y oblige. Elle doit maintenant faire comme ses ancêtres et s'identifier.

— Je... je suis... Arielle Queen, articule-t-elle à contrecœur, de l'année... de l'année 2009.

— Bravo! s'exclame Noah tout en applaudissant. Quel splendide spectacle que toutes ces apparitions! Arielle, petite cachottière, tu aurais dû me dire que tu connaissais autant de jolies filles!

Chaque élue de la lignée des Queen est présente, de la première à la dernière. Elles portent toutes des vêtements caractéristiques de leur époque, mais c'est là leur unique différence notable, car physiquement elles se ressemblent toutes: elles sont grandes, élancées, ont toutes de magnifiques traits, une superbe peau légèrement opaline et des cheveux noirs comme le jais. On dirait des sœurs — ce qu'elles sont, en définitive.

Abigaël, Jezabelle et Annabelle accourent alors vers Arielle.

— Arielle, tout va bien? s'enquiert Abigaël, sa grand-mère.

— Non, je ne crois pas, Abi, répond-elle.

— Qu'est-ce qui se passe ici ? demande Jezabelle. Où sommes-nous ?

— C'est la fin, n'est-ce pas ? fait Annabelle qui, pour sa part, a saisi ce qui semble avoir échappé aux autres. Si nous sommes toutes réunies ici, c'est que la dernière élue n'a pas réussi à accomplir la prophétie et que le monde est sur le point de basculer. J'ai toujours su que ça se terminerait comme ça.

— Que ça se terminerait comment ? demande Jez.

— Mal..., répond simplement Annabelle. Les peuples de la lumière ont perdu la bataille.

— Tout a une fin, déclare Loki au-dessus d'elles. Le jour a fait place à la nuit et à son peuple. L'ombre doit régner maintenant. Le monde n'a pas basculé, bien au contraire : il s'est équilibré !

Le dieu quitte son trône et descend l'escalier de marbre d'une démarche décontractée.

— Qui est-ce ? s'enquiert Abigaël en fronçant les sourcils.

— Il a opté pour un corps plus jeune, cette fois, dit Jez, mais je sais très bien qui c'est. Et toi aussi, tu le sais, Abi.

— Loki..., souffle Abigaël, refusant de croire que ce jeune homme à l'allure si inoffensive est en vérité le dieu du mal.

— Mes enfants..., déclare Loki de sa voix d'adolescent. Comme je suis heureux que nous soyons tous réunis. Fenrir, Jörmungand, approchez et venez rencontrer vos sœurs ! dit-il avec l'enthousiasme du père qui se réjouit de voir tous ses enfants rassemblés sous le même toit.

Sans dire un mot, sans manifester la moindre émotion, Fenrir et Jörmungand, le Loup et le Serpent de Midgard, viennent se placer aux côtés de Loki. Ils saluent les jeunes filles d'un signe de tête à peine perceptible, puis retournent tous deux à leur place.

— Pourquoi dit-il que nous sommes les sœurs de ces deux affreux ? demande Jez en posant doucement ses mains sur ses deux revolvers colt.

— Aucune ressemblance, pourtant, dit Annabelle.

— Le premier a la tête d'une couleuvre, observe Abigaël. Et l'autre n'a jamais entendu parler d'épilation, c'est certain.

Annabelle jette un coup d'œil en direction des quinze autres élues Queen, toujours immobiles près de Mastermyr. D'un signe, elle enjoint à Sylvanelle, Raphaëlle et Catherine-Isabelle de se préparer à la bagarre. Ces dernières passent discrètement le message aux autres. Au moindre de signe d'hostilité, les élues dégaineront leurs épées fantômes et se lanceront à l'assaut.

— Ne manque plus que votre sœur, les informe Loki. Mais elle n'est pas très loin, il me semble. Je sens sa présence quelque part à l'intérieur de notre chère Arielle.

Loki se tourne vers celle-ci.

— Dis-leur, ma chérie, la prie-t-il. Révèle-leur la vérité.

Arielle hésite avant de répondre.

— Non, déclare-t-elle au bout d'un moment. Je ne leur dirai rien.

Loki secoue la tête pour montrer sa déception.

— Tôt ou tard, elles sauront, dit-il. Autant qu'elles l'apprennent de toi. Tu es la cadette, la préférée de toutes, même de Sylvanelle. Elles le croiront si c'est toi qui le leur dis. Et elles doivent savoir. Elles veulent savoir.

Abigaël tire son épée fantôme de son fourreau et se place entre Arielle et Loki.

— D'accord, ça suffit! lance-t-elle. Si Arielle préfère ne rien dire, cela me convient. Je connais assez ma petite-fille pour savoir qu'elle n'agirait pas ainsi sans raison. Pour ma part, je crois qu'on a assez discuté. Il est temps de quitter cet endroit. Vous en dites quoi, les filles?

Les élues dégainent ensemble leurs épées et se regroupent autour d'Annabelle, Jezabelle, Abigaël et Arielle. Fenrir et Jörmungand font un pas vers leur père, manifestement pour lui prêter main-forte, mais sont arrêtés par Jezabelle qui brandit prestement ses deux colts et les pointe dans leur direction.

— Tout doux, les bestioles, les prévient-elle, ou vous finirez empaillés au musée des horreurs!

— Les élues de la lignée des Queen sont les filles de Loki, déclare brusquement Noah.

Le silence tombe; en même temps, les épées s'abaissent.

— Quoi? fait Jez en lançant un regard inquiet vers Abigaël.

— Je le savais, dit Annabelle. J'avais imaginé le pire, et c'est ce qui est en train de se produire ! Dites, je peux retourner en 1627 ? Les Trois Mousquetaires m'attendent, nous étions en plein combat avec les hommes du cardinal et...

— Il a raison ! clame Sylvanelle en se détachant du groupe des élues.

Sylvanelle la quean est la première de la lignée. Elle est la plus ancienne, mais aussi la plus respectée des élues Queen. Lorsqu'elle parle, chacune de ses descendantes l'écoute avec le plus grand respect et la plus grande attention.

— C'est vrai, Loki est notre père à toutes, poursuit-elle. Je le sais parce que le livre de notre famille, le *vade-mecum* des Queen, a été frappé d'un puissant sortilège par ses créateurs : il ne peut être manipulé que par des êtres appartenant aux peuples de l'ombre. Ces peuples, nous en faisons partie, apparemment, puisque nous avons toutes utilisé le livre un jour ou l'autre. J'ai bien essayé de conjurer ce mauvais sort en couvrant le *vade-mecum* de ma propre chair, mais je n'y suis arrivée qu'en partie.

Elle marque un temps et observe chacune de ses sœurs d'un air grave avant de reprendre :

— Du sang de démon coule dans nos veines, certes, mais n'oubliez pas que ma mère, la toute première à avoir donné naissance à une enfant de notre lignée, était humaine, alors une partie de vous, une partie de moi l'est aussi. L'espoir est toujours là, mes chères sœurs. Sachez que le combat aura lieu à l'intérieur de chacune d'entre nous. Les plus fortes choisiront la lumière, conclut-elle en fixant son regard sur Arielle, mais les plus faibles ne la verront pas et demeureront prisonnières des ténèbres pour l'éternité.

— Ça suffit maintenant ! intervient Angerboda. Il est temps de procéder au partage.

— Je seconde ! renchérit Loki avec enthousiasme. C'est la partie amusante de la soirée !

« Lorsque les autres sœurs reines seront là et que le partage sera terminé, avait dit Elizabeth à Arielle, je deviendrai ta plus fidèle servante. » La jeune élue se tourne vers son amie, les yeux remplis d'espoir, mais Elizabeth reste de marbre. Elle ne fait que lui retourner son regard.

— Qu'est-ce que le partage ? demande Abigaël. Une autre de vos trouvailles diaboliques ?

— Cette fois, tu es tombée pile dessus, Abi ! répond Loki sur un ton fier. Tu as toujours été la plus intelligente de la bande, tu le savais ? ajoute-t-il, paternel.

— Nous ne vous laisserons pas faire, déclare Raphaëlle en relevant son épée fantôme. Quoi que vous tentiez contre nous, sachez que...

— Que quoi ? la coupe Loki, moqueur.

— Que nous nous opposerons à vous, complète Sylvanelle à la place de sa descendante.

Loki cesse de rire et s'approche de cette dernière.

— Tu as toujours été la plus sage, lui dit-il. Tu crois vraiment que t'opposer à moi serait raisonnable ?

Sylvanelle secoue la tête tout en fixant Loki droit dans les yeux. *Elle ne le craint pas*, se dit

Arielle. *Elle ne craint rien ni personne. C'est notre...*
grande sœur.

— Ce n'est pas raisonnable, répond Sylvanelle,
mais c'est juste. Chacune d'entre nous est prête à
donner sa vie pour empêcher votre règne.

— Je suis le dieu du mal, dit Loki. Angerboda
est la sorcière la plus puissante des huit royaumes.
Fenrir et Jörmungand sont des demi-dieux.
L'Elfe de fer est la machine à tuer la plus per-
fectionnée que Midgard ait jamais connue. Tu
penses sincèrement que tes sœurs et toi avez
une chance de nous vaincre ? À moi seul, je
peux vous exterminer d'un claquement de
doigts. Mais je ne le ferai pas, car vous êtes mes
enfants et je vous aime. Je préfère vous accueillir
au sein de ma famille plutôt que de vous
assassiner lâchement. Ce ne serait pas digne
d'un père.

Jezabelle éclate de rire.

— Un père ? Ha ! ha ! Ma parole, on dirait
qu'il y croit vraiment !

La jeune fille change rapidement de cible et
pointe le canon de ses revolvers sur Loki.

— On va voir si tu es vraiment un dieu, papa !
lance-t-elle en appuyant sur la détente de ses
armes.

Les deux colts crachent leurs projectiles, mais
ceux-ci dévient de leur trajectoire au dernier
moment et se fichent dans le mur, quelque part
derrière les trônes, laissant indemne la poitrine
de Loki. Le dieu du mal pouffe à son tour et
s'avance vers Jezabelle.

— Alors, Jez, convaincue ?

Jezabelle appuie à répétition sur la détente de ses colts. On entend les claquements métalliques des chiens, mais rien d'autre ne se passe : les barillets sont vides.

— Mais... c'est impossible.

Loki lève un bras, puis lève sa main, paume ouverte, vers Abigaël, Annabelle et Sylvanelle. Une puissante force invisible cherche alors à leur enlever leurs armes. Les trois jeunes filles s'accrochent, tentent de résister, mais en vain : les épées fantômes finissent par se libérer de leur poigne. Elles leur sont arrachées des mains et filent droit vers Loki. Lorsqu'elles ne sont plus qu'à un mètre de lui, le dieu ferme son poing et fait disparaître les épées dans un éclat bleuté. Il répète le même manège avec les autres sœurs reines : il oriente sa main dans leur direction et s'empare de leurs épées fantômes, pour ensuite les anéantir.

— Plutôt théâtral, je l'admets, observe Loki, mais j'adore ça. La vie est si courte, il faut bien s'amuser ! Bon, assez perdu de temps.

Sans se presser, le dieu retourne vers l'escalier de marbre. Il fait maintenant dos aux dix-neuf sœurs reines, mais ne semble pas s'en préoccuper. Apparemment, il ne craint aucune riposte.

— Accompagne-moi, Nazar, dit Loki en passant près du garçon, et reprends la place qui te revient de droit !

Noah acquiesce et suit le dieu jusqu'à l'escalier de marbre. Tous les deux gravissent les marches côte à côte et rejoignent Angerboda au sommet de l'estrade.

— Hel, le moment est venu ! annonce Loki en reprenant place sur son trône.

Arielle éprouve alors une étrange sensation, comme si elle se trouvait soudain à l'étroit dans son propre corps. « *T'en fais pas, ma belle, lui dit Hel. C'est juste moi. Je dois prendre le contrôle, mais pour quelques instants seulement. Une formalité. Ça ne fera pas mal et ça sera vite terminé, tu verras.* »

— Non ! proteste Arielle à haute voix. Tu ne peux pas ! Tu n'as pas le droit !

« *Arrête, sœurette, tu tombes dans les clichés !* »

— Ne fais pas ça, Hel !

La seconde d'après, Arielle est confinée au rôle de spectatrice. Elle n'est plus aux commandes. Elle a beau essayer de parler ou de mouvoir ses membres, plus rien ne répond. Son organisme obéit désormais à un nouveau maître.

— Quelle sensation extraordinaire ! déclare Hel avec la voix d'Arielle. Alors, c'est ce qu'on ressent quand on est... vivant ?!

— Ne t'excite pas trop, lui dit Angerboda. L'effet de nouveauté se dissipe rapidement. Ces corps sont fragiles et s'endommagent facilement. Allons, dépêche-toi. Les territoires conquis attendent leurs reines.

— Bien entendu, acquiesce Hel.

« *Hel,* l'implore Arielle, *ne les écoute pas. Tu dois m'aider. Tu dois toutes nous aider. Nous sommes tes sœurs...* » Dorénavant, c'est Hel qui entend la voix d'Arielle résonner à l'intérieur d'elle-même, et non l'inverse.

— C'est bientôt fini, la rassure la déesse. Tu récupéreras ton corps bientôt. J'aimerais aussi te promettre que tu redeviendras toi-même, mais ce n'est pas tout à fait exact.

« *Hel, non ! Pitié !* »

Hel se rapproche alors des autres membres de la lignée des Queen.

— Que va-t-il se passer maintenant ? demande Noah du haut de son trône.

— Patience, lui répond Loki. Le meilleur est à venir.

La déesse s'arrête devant Sylvanelle et fixe son regard au sien. La doyenne des élues Queen, sans broncher, soutient le regard haineux de sa vis-à-vis.

— Éloigne-toi d'elle, démon ! lance Abigaël, menaçante.

Mais Hel ne lui accorde aucune attention. Par solidarité, les autres sœurs reines se regroupent toutes autour de Sylvanelle. Si Hel tente de lui faire du mal, les autres Queen n'hésiteront pas un seul instant à intervenir.

— Ça va aller, dit Sylvanelle pour calmer ses cadettes.

— Tu as commis une erreur, affirme Hel, toujours avec la voix d'Arielle.

Sylvanelle hausse un sourcil, intriguée.

— Ah oui ? Et laquelle ?

La déesse lui sourit, puis se tourne vers Mastermyr. Elle semble attendre quelque chose de lui.

— Donne-le-lui ! ordonne Loki en s'adressant au grand elfe.

Mastermyr hésite. Il devrait obéir immédiatement à l'ordre de Loki, mais il ne le fait pas, ce qui ne manque pas de surprendre tout le monde, à commencer par le dieu du mal lui-même.

— Mais qu'est-ce que tu fais ?! s'emporte Loki. Donne-lui le *vade-mecum* !

L'Elfe de fer tourne lentement la tête vers le haut de l'estrade. Ses yeux rouges, perçants, se posent sur Loki.

— Fenrir et Jörmungand vont se faire un plaisir de te recycler en boîte de conserve si tu n'obéis pas !

Mastermyr laisse s'écouler encore quelques secondes avant de hocher la tête lentement.

— Oui, maître, répond-il sur un ton neutre.

Le grand elfe, soudainement plus docile, tend enfin le *vade-mecum* à Hel qui s'empresse de le prendre. Elle le brandit sans pudeur devant Sylvanelle avant de déclarer :

— Voici ton erreur, ma pauvre.

Le sourire de Hel se transforme alors en un horrible rictus. La bouche grande ouverte, les traits déformés par une grimace perverse et cruelle, elle mord à belles dents dans le cuir du *vade-mecum* et en arrache un gros morceau qu'elle avale goulûment.

— NOOOON ! hurle soudain Sylvanelle, les yeux effarés.

— Délicieuse, cette chair ! ricane Hel. Loki appelle ça un partage. Pour moi, c'est une communion !

Elle éclate de rire, un rire sonore qui emplit toute la salle. Pressentant le danger, les autres Queen se resserrent autour de Sylvanelle.

— Venez, mes sœurs, leur dit Hel. Un poète français a déjà dit : « Ce que je fus demeure à jamais mon partage. » Alors, approchez et... partageons !

Lorsqu'elles aperçoivent le *vade-mecum* des Queen, les autres élues, fébriles et confuses, ne peuvent s'empêcher de saliver. Quelque chose s'est passé en elles, quelque chose qui les a transformées.

— Fermez les yeux ! leur crie Sylvanelle. Ne regardez pas. Détournez-vous de ce livre !

Mais il est déjà trop tard. En l'espace de quelques secondes à peine, Abigaël, Jezabelle, Annabelle et toutes les autres ont perdu à jamais ce qui faisait d'elles des êtres humains. On dirait des bêtes affamées prêtes à s'entretuer pour une part de viande. Leurs yeux se sont obscurcis et leur peau déjà pâle est devenue translucide. La part des ténèbres qui vivait en elles, héritage de leur père, s'est éveillée et a pris le dessus. Même Sylvanelle, qui est parvenue à résister jusqu'ici, ne peut échapper à la métamorphose. Elle se jette à son tour sur le *vade-mecum* des Queen et, comme toutes les autres avant elle, tranche avec ses dents une partie de la couverture. À l'intérieur d'elle-même, un petit reste de raison constate que tout a pris fin lorsqu'elle a avalé avec avidité ce lambeau de sa propre chair.

— Je t'avais bien dit que ça ne durerait pas longtemps, dit Hel à l'intention d'Arielle.

« *Je vais devenir comme elles ?* » demande la jeune élue.

— Dès que je t'aurai quittée, oui.

« *Et où vas-tu ? Te cacher, j'imagine ? Les démons ne sont que des lâches !* »

— Je suis à la fois en toi et en elles, explique la déesse en désignant les sœurs reines. On a prédit qu'un jour je renaîtrai. Ce jour-là, si tu n'es pas déjà morte, nous combattrons à nouveau ensemble, toi et moi, Arielle Queen.

Ce sont les dernières paroles de Hel. Dès qu'elle les a prononcées, Arielle a senti qu'elle reprenait possession de son corps. La déesse s'est bel et bien retirée cette fois. Elle n'habite plus le corps ni l'esprit d'Arielle. Ce qui aurait dû être une bonne nouvelle n'en est pas vraiment une, cependant : maintenant que Hel a disparu, Arielle se métamorphose à son tour. Elle a l'impression que le morceau de chair avalé par Hel prend toute la place dans son estomac. Elle le sent qui se liquéfie, puis pénètre dans ses organes, dans ses muscles, dans son sang. La chair de Sylvanelle se répand dans ses membres, remplit son cœur et inonde son cerveau. Et c'est là que tout bascule. À ce moment s'éveille son alter ego démoniaque, et l'enfant de Loki vient au monde. Arielle cesse alors de faire partie de la lignée des Queen pour intégrer celle de Loki, le dieu du mal.

Lorsque la transformation est terminée, un symbole apparaît sur la joue gauche d'Arielle : ᛗ, la dix-neuvième lettre de l'alphabet runique. Toutes ses sœurs portent à la joue gauche une marque semblable, qui représente non seulement leur rang dans la lignée, mais aussi le nom du territoire qui leur sera attribué : Sylvanelle : ᚠ, Sybelle : ᚾ, Maëlle : ᚦ, Gwenaëlle : ᚨ, Lunelle : ᚱ,

Darielle : ⟨, Gaëlle : Χ, Erikaël : Ᵽ, Manaëlle : Ͱ,
Éva-Belle : ⴕ, Janelle : |, Annabelle : ⟆, Catherine-
Isabelle : ʃ, Chrystelle : ᚷ, Marie-Belle : ⵟ,
Jezabelle : ⟅, Raphaëlle : ↑ et Abigaël : ᛒ.

Une fois que le cuir de la couverture a été entièrement dévoré, les sœurs reines retrouvent un semblant de calme. Elles s'éloignent lentement des restes du *vade-mecum* et se mettent en rang devant l'estrade, face aux trônes. Leurs instincts primaires se sont apaisés, pour le moment du moins. Elles se comportent de manière beaucoup plus civilisée à présent, même si leur démarche et leur apparence rappellent celles des morts vivants.

— Mes chères filles, déclare Loki, comme je suis heureux de vous retrouver enfin. Acceptez-vous de faire partie de notre famille ?

— OUI, MAÎTRE ! répondent-elles puissamment, à l'unisson.

— Combattrez-vous les humains ? Défendrez-vous le nouvel ordre sur chacun des dix-neuf Territoires ?

— OUI, MAÎTRE !

— Arielle, avance-toi ! ordonne ensuite Loki.

La jeune fille fait un pas en avant. Ses yeux sont entièrement noirs, de la pupille à la sclérotique. Le visage inexpressif, elle fixe le vide. Le M runique sur sa joue, de couleur sombre, contraste avec sa peau laiteuse.

— Dorénavant, ma fille, ce sera à toi de gouverner le Nordland, lui dit Loki.

Arielle demeure impassible encore un bref moment, puis relève la tête et croise le regard du dieu. Un petit sourire malicieux se dessine alors sur les lèvres de la jeune fille. Un sourire discret, certes, mais duquel transpire une malveillance pure, une froide cruauté.

— Acceptes-tu cette responsabilité? lui demande Loki.

— Oui, mon père. Je l'accepte.

Loki se tourne alors vers Noah.

— Voici Nazar, le prochain roi de Midgard. C'est ici, dans le Nordland, que nous érigerons son château. Souhaites-tu devenir sa reine, ma fille?

Arielle passe sa langue sur ses lèvres, puis sur ses dents, d'une manière répugnante.

— Oui, mon père, je le veux, répond-elle, arborant toujours le même sourire sadique.

13

*C'est ici que commence la longue
quête de Tom Razan, celle que les
livres d'histoires baptiseront la
quête du chevalier à la charrette.*

Elle s'appelle donc Hati, exactement comme
Elleira dans l'Helheim… mais ce qui retient
davantage l'attention de Razan, c'est que cette
jeune femme semble avoir un goût indiscutable
pour les beaux vêtements, tout comme lui.
Toutefois, même Razan est en mesure de
concevoir que le moment est mal choisi pour
discuter mode.

— Hati est morte, lance-t-il alors. J'ai assisté
à son exécution dans l'Helheim. Elle a été tuée
par cette poule mouillée de Noah Davidoff.

— Tu as assisté à l'exécution de quelqu'un
qui se faisait appeler Hati, rectifie la jeune femme.
Loki m'a expulsée de l'Helheim il y a longtemps
de cela, lors de la première révolte des maquisards. Lorsque Elleira a quitté Midgard pour
l'Helheim, Loki lui a demandé d'infiltrer le

Clair-obscur et de se faire passer pour moi. Ils ont fait croire à mes hommes que je m'étais réincarnée, ou quelque chose du genre, en cette idiote d'Elleira. Jenesek et les autres souhaitaient tellement croire à mon retour qu'ils se sont laissé berner. Ils en ont payé le prix.

— Elle dit la vérité, confirme Freki.

— D'accord, répond Razan. Alors, cette mignonne est la véritable Hati. Et ces grands idiots, là derrière, sont les véritables alters renégats. Et vous, les deux clebs, fait-il en tournant les yeux vers les dobermans, ne me dites pas que vous êtes les véritables Geri et Freki, les deux loups d'Odin ?

Freki hésite avant de répondre. Razan en déduit qu'il est tombé pile.

— Nous sommes en effet les véritables loups d'Odin, admet-il enfin, gêné.

— C'est vrai, ce mensonge ? demande Razan à Geri.

Ce dernier acquiesce.

— Ça m'en a tout l'air.

— Alors, vous n'êtes pas des animalters ?

Geri hausse les épaules tout en prenant un air désabusé.

— Je ne sais plus trop. Et, à vrai dire, je m'en moque comme de mon premier os !

Razan pouffe de rire.

— Eh bien, j'ai une excellente nouvelle pour vous, les gars, annonce-t-il en grande pompe. Attention… Je fais aussi partie de la bande. Vous ne le croirez jamais, mais je suis le véritable Tom

Razan! Eh oui! Ha! ha! Ça vous en bouche un coin, pas vrai?

— Comment ai-je pu en douter!... ironise Geri sur un ton las.

— Bon, assez rigolé! intervient Hati. Ça vous dirait de passer aux choses sérieuses?

Razan hoche frénétiquement la tête.

— Je suis toujours d'accord, ou presque, avec les jolies femmes. Et si vous commenciez par m'expliquer ce que je fous ici, hein? Qu'attendez-vous de moi au juste?

Freki est le premier à parler.

— Geri et moi devons t'aider à retrouver Arielle avant qu'elle ne prête serment d'allégeance à Loki. C'est Odin lui-même qui nous a confié cette mission.

Razan n'en croit pas ses oreilles.

— Quoi? Prêter serment d'allégeance à ce faux jeton de Loki? Mais pourquoi ferait-elle ça?

— Arielle te croit mort, explique Geri. L'espoir l'a abandonnée. Toi seul pourras lui redonner l'envie de lutter.

Le jeune homme, les bras ballants, s'éloigne dans un mouvement d'impatience, puis revient sur ses pas.

— Pourquoi moi, hein? Pourquoi c'est toujours moi!?

— Elle t'aime, répond Geri.

— C'est des conneries! rétorque Razan. Elle ne m'aime pas!

— Tu dois être le seul idiot sur cette planète qui en doute encore.

— Elle aime l'idée qu'elle se fait de moi, voilà tout.

— Attends une minute..., fait soudain Geri. Mais tu as peur, ma parole ! Mais oui, c'est bien ça : monsieur « grande-gueule-prêt-à-tout-je-suis-le-plus-fort »... Tom Razan a la trouille au ventre !

Razan pointe un index menaçant en direction du doberman.

— Je t'interdis de dire ça, poil de rat !

— C'est la meilleure, celle-là ! lance le doberman en éclatant de rire. Le grand capitaine Razan a peur... d'une fille !

— Espèce de...

Razan s'avance vers Geri avec la ferme intention de lui faire passer son envie de rire, mais il est intercepté au passage par Hati qui l'entraîne en direction des alters renégats.

— Tu veux savoir pourquoi nous avons filé un coup de main aux dobermans ? Eh bien, c'est parce que nous avons de bonnes raisons de te vouloir ici.

Tous les deux font face aux renégats à présent.

— Il y en a des milliers d'autres comme eux, révèle Hati, qui sont prêts à se battre pour défaire Loki et sa bande de dégénérés.

— Impressionnant, dit Razan avec son ironie habituelle. C'est supposé provoquer une quelconque réaction en moi ? Je dois applaudir, les féliciter ou un truc du genre ?

— Ces hommes ont besoin d'un chef, soutient Hati, d'un capitaine...

— Holà! l'interrompt aussitôt Razan. « Ces hommes », c'est bien ce que tu as dit? Dois-je te rappeler, ma toute belle, qu'il y a un seul homme dans cette pièce? Et, bien que je trouve cela fort malheureux, cet homme, c'est moi! Depuis quand les alters acceptent-ils d'être dirigés par des humains?

— Bientôt, nous mènerons tous le même combat. Nous devons nous unir, sans quoi nous sommes tous perdus.

— Unissez-vous à Kalev et à sa bande de lanceurs de marteaux, dans ce cas! Moi, j'ai déjà donné, et plus souvent qu'à mon tour.

Hati fixe Razan en silence.

— Quoi? fait-il au bout de quelques secondes. J'ai un truc dans les dents?

— Tu me déçois, capitaine Razan.

— Et alors? Tu crois que j'en ai quelque chose à faire?

Un autre silence.

— Tu sais ce que les sœurs reines feront lorsqu'elles contrôleront les dix-neuf Territoires? reprend la jeune femme.

— Elles feront pousser du blé, élèveront des chèvres et des autruches...

— Elles libéreront tous les criminels des prisons. Loki souhaite que le chaos règne chez les humains, afin de les diviser et de les affaiblir. Il faut empêcher cela, et nous avons grand espoir de réussir.

Il ne peut s'empêcher de rire devant la naïveté de cette pauvre fille.

— Ah ouais? Et de quelle façon comptez-vous vous y prendre?

— En accomplissant la prophétie.

C'est au tour de Razan de dévisager la jeune fille en silence.

— Tu as oublié de prendre tes médicaments ce matin, je me trompe ?

— Je suis sérieuse, Razan.

— Mais moi aussi ! La schizophrénie ne se guérit pas, mais on arrive parfois à la contrôler. J'ai lu un article à ce sujet l'autre jour chez le dentiste et...

— Les médaillons demi-lunes, le coupe Hati, ils existent.

— Je sais, répond Razan. Arielle et moi les avons réunis comme c'était indiqué dans le manuel d'instructions, mais malheureusement ça n'a pas donné le résultat escompté. Ça ne vaut pas tripette, ces bidules suédois à assembler soi-même !

— Je ne parle pas des médaillons de Skol, mais bien...

— ... des véritables médaillons demi-lunes, c'est ce que tu allais dire, chérie ?

Elle approuve d'un signe de tête.

— Je te le répète, Razan : ils existent bel et bien.

— Vraiment ? Et qui t'a dit ça ?

— Mon père.

— Et qui c'est, ton père ?

— Le dieu Tyr.

Razan pousse un long soupir tout en levant les yeux au ciel.

— J'étais certain que tu allais dire ça.

— Alors, tu vas nous aider ?

Geri et Freki s'amènent auprès d'eux.

— Si tu ne le fais pas pour toi, fais-le au moins pour Arielle, dit Geri.

— Parfois je me dis que j'aurais mieux fait de mourir. À l'heure qu'il est, je serais certainement en train de me faire bronzer la bedaine sur mon petit nuage, tranquillos, en sirotant une boisson à saveur de fruits du paradis.

Razan s'interrompt brusquement. *Elle est vraiment jolie,* se dit-il en observant la jeune Hati pendant un moment. *Et son odeur est envoûtante.* Il l'attrape soudain par le bras et l'attire à lui. Sans prévenir, il lui colle un long baiser sur la bouche, puis l'embrasse de plus en plus intensément. Bien qu'elle résiste au début, la jeune femme finit par céder.

Geri ne peut pas croire que Razan se laisse aller à pareil emportement. Mais à la surprise générale, c'est le jeune homme qui rompt finalement leur étreinte.

— Tu as ressenti quelque chose? lui demande Hati qui n'est pas dupe.

Elle sait très bien pourquoi Razan l'a embrassée de cette façon.

— Non, rien, répond ce dernier.

— Alors, tu as ta réponse maintenant.

Razan opine discrètement du chef, puis se tourne vers Geri et Freki.

— Où est-elle? leur demande-t-il avec tout le sérieux du monde.

Cette fois, il n'a plus envie de rigoler, et Geri et Freki n'ont besoin d'aucune précision supplémentaire.

— Sur l'île de Man, répond Freki. Ils ne l'ont pas forcée. Elle a accepté de s'y rendre.

— Je dois y aller, dit Razan, troublé.

Les deux dobermans se rapprochent du jeune homme et posent une main amicale sur son épaule.

— On va t'y conduire, l'assure Geri.

— Merci. Je l'aime, admet finalement Razan. J'aime Arielle Queen.

Geri lui sourit.

— Je sais.

— Et tu as raison. J'ai peur. Je suis terrorisé à la seule idée de la perdre.

— Allons la chercher, alors, dit Freki.

Après avoir guidé Razan et les autres à travers un labyrinthe de tunnels et de passages étroits, les renégats finissent par atteindre un endroit beaucoup plus vaste et aéré, situé sous Central Park, qu'ils appellent « le hangar secret ». *Original, comme nom,* songe Razan, soulagé de quitter enfin les galeries souterraines exiguës et étouffantes.

Une fois les projecteurs allumés, Razan et les dobermans constatent que leurs nouveaux alliés ne leur ont pas menti : au milieu du hangar repose bien un engin volant, tel que promis par Hati et les alters renégats.

— Voici le *Nocturnus* !

L'appareil ressemble au *Danaïde*, en beaucoup plus vieux et, de toute évidence, en beaucoup plus abîmé.

— Vous souhaitez traverser l'Atlantique dans ce vieux coucou de la guerre de 1914? leur demande Razan. J'espère que vous savez nager!

— Nayr et ses alters de la CIA l'ont récupéré dans les souterrains du manoir Bombyx, explique Hati. C'est un prototype de la US Air Force. L'ancêtre du *Danaïde,* en quelque sorte.

— L'ancêtre? fait Razan tout en examinant le fuselage de l'appareil d'un air suspicieux. Ça m'a plutôt l'air d'un fossile, votre truc!

— L'équipage est déjà à bord, annonce la jeune femme. Il n'y a plus qu'à embarquer.

— Il manque quelques boulons ici, remarque Razan en indiquant une plaque de métal sous l'aile. Je vous arrange ça tout de suite si vous avez de la colle forte!

— Ça suffit, Razan, lui dit Geri. Allez, il est temps de partir.

— Pas de colle forte? Du papier collant alors? ou de la corde peut-être?

— Allez, Razan, amène-toi! s'impatiente Freki en se dirigeant vers la passerelle du *Nocturnus.*

— Tant pis, je vous aurai prévenus!

Razan est le dernier à entrer dans le *Nocturnus.* Deux alters renégats sont déjà installés dans le poste de pilotage. Ils allument les moteurs dès que Hati a refermé la porte étanche. La jeune femme se dirige ensuite vers Razan, qui a choisi un siège à l'arrière de la cabine pressurisée, et prend place devant lui. De l'autre côté, séparés par l'étroit couloir qui traverse la cabine, se trouvent Geri et Freki. Les deux autres sièges sont occupés par des alters renégats. Le *Nocturnus* ne peut accueillir que huit passagers, contrairement au *Danaïde* qui pouvait en transporter jusqu'à dix.

— Il y a des parachutes quelque part? demande Razan en bouclant sa ceinture.

— C'est inutile, répond Hati. C'est un avion hypersonique.

Des masques à oxygène tombent du plafond au même moment.

— Je suis au courant, ma belle, répond Razan avant d'installer le masque sur son visage. Il fut un temps où je pilotais moi-même le *Danaïde*. À Mach 5, s'il vous arrive un pépin, vous n'en aurez jamais conscience. En moins d'une seconde, vous vous retrouverez propriétaires d'une harpe et d'un joli petit nuage!

Les passagers sentent soudain que le *Nocturnus* quitte le sol et s'élève à la verticale.

— Et voilà, c'est reparti! lance Freki, qui semble être le seul à se réjouir de la situation.

— T'emballe pas, lui dit Razan. Si je me souviens bien, ton dernier vol hypersonique ne s'est pas très bien terminé.

Il fait allusion au sacrifice d'Ael. Le cadavre de Freki se trouvait toujours à l'intérieur de l'appareil lorsque la jeune alter, en véritable kamikaze, avait lancé le *Danaïde* sur Ermidas, le troll des montagnes du nord.

— Je ne m'en souviens pas, répond Freki. J'étais mort!

Ce n'est pas tout à fait vrai. Même s'il n'occupait plus son corps, Freki avait tout de même entendu les dernières paroles que lui avait adressées Geri en pensée : « *Freki, t'as toujours dit que les asticots, c'était pas ton truc, et que tu choisirais une crémation plutôt qu'un enterrement. Eh bien, tu vas y avoir droit, mon vieux ! Allez, ciao ! Et n'oublie pas notre rendez-vous dans l'Helheim !* » Et c'était bien là-bas, dans l'Helheim, qu'ils s'étaient enfin retrouvés tous les deux. Mais ce souvenir, étrangement, est loin d'enchanter Freki. Il lui procure plutôt un désagréable sentiment de fatalisme, comme si ces retrouvailles dans la mort étaient annonciatrices d'un autre danger.

Le *Nocturnus* s'élève de quelques mètres et demeure en positon stationnaire. La plate-forme sur laquelle il était posé il y a quelques instants à peine sert aussi de porte étanche entre le hangar et un large bassin rempli d'eau. Le *Nocturnus* se stabilise au-dessus, puis la plate-forme se scinde en deux parties et libère l'accès au bassin. L'appareil entre alors en phase d'immersion : il descend lentement et se laisse submerger. Une fois qu'il est entièrement recouvert d'eau, le *Nocturnus* pivote légèrement vers la droite, puis s'engage dans un passage qui débouche dans le réservoir de Central Park. Le plan d'eau a une profondeur de douze mètres et s'étend sur plus de quarante-trois hectares. Dès qu'il sort du passage, l'appareil s'oriente vers la surface et, moins d'une seconde plus tard, il jaillit hors du réservoir et file en droite ligne vers le ciel. Lorsqu'il a atteint son altitude de croisière, il prend la direction du nord-est, vers l'Angleterre, vers l'île de Man.

— Il en a dans le ventre, ce tas de ferraille, admet finalement Razan à travers son masque.

— Tu en doutais? fait Hati.

— C'était si évident?

Il faut moins d'une heure au *Nocturnus* pour traverser l'océan Atlantique. L'appareil survole ensuite l'Irlande, puis met le cap sur le Calf of Man, le petit îlot situé au sud de l'île de Man.

— Cet îlot est pratiquement inhabité, explique Hati après que le pilote leur a annoncé que le site d'atterrissage sera bientôt en vue. Il y a donc peu de risques d'y rencontrer un comité d'accueil, ajoute-t-elle. Mais il y a un problème : la végétation est quasi inexistante sur l'île.

— Donc, peu d'endroits où cacher le *Nocturnus*, déclare Geri.

Hati approuve du chef.

— En vol, le *Nocturnus* est indétectable au radar, mais une fois à terre, il peut aisément être repéré par avion ou par satellite. Sidero et ses alters contrôlent l'armée britannique et disposent donc des meilleurs outils de surveillance pour assurer la sécurité de leur territoire.

— Comment ferons-nous pour nous rendre au château de Peel? demande Geri.

Hati fait mine de battre des ailes.

— On va revenir aux bonnes vieilles méthodes.

— Tu veux dire qu'on va voler jusque là-bas ? dit Geri, qui ne semble pas enchanté par cette perspective.

— Tu as une autre solution ? lui demande Hati. À ce que je sache, c'est la meilleure façon de s'approcher du château sans être repéré.

— Mais il y a certainement des patrouilles alters qui surveillent les environs.

— Je ne sais pas pour toi, Geri, affirme Razan aux côtés de Hati, mais je préfère encore me mesurer à des alters plutôt qu'à des missiles antiaériens.

Geri n'ajoute rien, forcé d'admettre que c'est peut-être en effet la meilleure solution.

Le *Nocturnus* se pose sur le Calf of Man quelques instants plus tard. Le pilote choisit un endroit situé près d'une ferme, l'un des seuls bâtiments habitables érigés sur l'îlot. Dès que l'appareil touche terre, le pilote éteint les moteurs et autorise Hati à ouvrir la porte. Armés d'épées fantômes, les huit membres de l'équipée, Hati, Razan, les deux dobermans ainsi que les quatre alters renégats (incluant les deux pilotes), s'empressent de quitter le *Nocturnus* et de se réfugier sous les quelques arbres qui entourent la ferme. Celle-ci a déjà été habitée, mais à voir l'état d'abandon dans lequel elle se trouve, il faut en conclure qu'elle ne l'est plus depuis longtemps.

— Vous êtes prêts ? s'enquiert Hati.

Tous les membres du groupe répondent par l'affirmative.

— D'accord. Alors, allons-y ! Razan, tu montes sur moi ? lui demande Hati.

— Je ne suis peut-être plus un alter, répond le jeune homme, mais j'ai encore ma fierté. Pas question de me laisser transporter par une fille !

— Pas seulement macho, mais sexiste en plus ! se moque Hati.

— C'est ça, ouais, rétorque Razan. Allez, Geri, fais ta B.A. et prends-moi sur ton dos !

Le doberman accepte d'un signe de tête et le jeune homme s'accroche à lui. Ils sont d'ailleurs les premiers à prendre leur envol, aussitôt suivis par Hati, Freki et les quatre alters renégats. Le groupe se déplace en formation serrée, survolant tout d'abord le détroit de Calf, puis se dirigeant vers le nord afin de gagner plus rapidement la côte ouest de l'île de Man. En moins de trente minutes, ils atteignent le centre-ville de Peel. La petite île de Saint-Patrick, sur laquelle s'élève le château de Peel, se trouve un peu plus au nord. Geri, toujours en tête, réduit son altitude, imité d'emblée par les autres. Étrangement, ils ne rencontrent aucune patrouille alter. C'est sans la moindre opposition, sans le moindre obstacle qu'ils parviennent à se poser dans la cour intérieure du château. Immédiatement après avoir touché le sol, ils courent tous s'abriter derrière une grande tour qui se situe dans la partie ouest de l'îlot.

— J'ai un mauvais pressentiment, déclare Freki.

— Tu as toujours un mauvais pressentiment, réplique Geri.

— Freki a raison, soutient Hati. Ce n'est pas normal que ça soit aussi facile. Il n'y a pas le moindre garde, pas la moindre patrouille. Ce château est le lieu stratégique le plus important du Nordland. Il est inconcevable qu'on le laisse sans protection.

— L'endroit semble désert, observe Razan. Ils ont peut-être plié bagage…

Les quatre alters renégats dégainent ensemble leurs épées fantômes.

— On peut aller jeter un coup d'œil si vous voulez, propose le pilote à Hati.

La jeune femme réfléchit un moment, puis finit par donner son accord, jugeant que c'est la meilleure – ou l'unique? – chose à faire pour l'instant.

— D'accord, allez-y, mais seulement deux d'entre vous.

— À vos ordres! répond le pilote.

— Et soyez prudents, ajoute Hati. On a besoin de tout le monde sur ce coup.

Le pilote acquiesce et ordonne à son copilote de le suivre. Tous les deux contournent la tour, puis s'avancent en terrain découvert.

— Alors, c'est toi qui commandes? demande Razan à la jeune femme.

— C'est ce qu'ils m'ont demandé de faire, oui.

Razan ne peut s'empêcher de grimacer.

— Je ne comprends pas: ce sont des alters renégats ou des maquisards du Clair-obscur?

— Ça fait une différence?

Le jeune homme hausse les épaules.

— Pas vraiment, répond-il. Je voulais simplement faire la conversation.

Hati sourit.

— Dis-moi, Razan, tu lances toujours des remarques aussi… pertinentes?

Razan acquiesce sans la moindre hésitation:

— La plupart du temps, chérie.

Hati contemple soudain Razan d'un œil nouveau. Elle s'attarde un moment sur les traits du jeune homme, qu'elle trouve magnifiques, mais ne s'arrête pas là: elle l'examine de la tête aux pieds et en vient à se dire qu'il est plutôt mignon et qu'il possède un charme certain. Mais pourquoi ne l'a-t-elle pas remarqué plus tôt?

— Elle a de la chance, cette Arielle Queen.

Razan n'est pas idiot, il comprend que la jeune femme est en train de le draguer. *Mais pour le timing, c'est plutôt nul,* se dit-il. Il pourrait choisir de répondre à ses avances, comme il l'aurait probablement fait dans le passé, ou de lui servir une de ces répliques juteuses dont lui seul a le secret, mais il décide plutôt de respecter les sentiments qu'il éprouve pour Arielle et de montrer à Hati qu'il n'y a qu'une seule place dans son cœur et qu'elle est réservée à la jeune élue.

— De nous deux, c'est moi, le plus veinard, répond-il. Si Arielle n'avait pas été là pour moi, je crois bien que…

Le garçon est alors interrompu par un cri désespéré qui provient de plus loin dans la cour intérieure.

— C'est le copilote! dit Freki.

Apparemment, leur mission de reconnaissance ne s'est pas déroulée comme prévu.

— Il faut y aller, dit Geri. On ne peut les abandonner là-bas !

Les deux autres renégats se tournent vers Hati en espérant qu'elle leur donnera l'ordre de se porter au secours des éclaireurs.

— C'est peut-être un piège, dit Freki.

Un second hurlement déchire la nuit. Cette fois, ils reconnaissent tous la voix du pilote.

— Hati, je t'en supplie, insiste l'un des alters, ils ont besoin de nous. On ne peut pas les laisser mourir comme ça !

Elle s'empresse de dégainer son épée.

— Tu as raison. Allons-y ! s'écrie-t-elle, même si au fond d'elle-même elle est convaincue que ce n'est pas la meilleure stratégie à adopter.

Il s'agit peut-être d'un guet-apens, comme le croit Freki, mais il est aussi possible que les deux alters soient réellement en mauvaise posture. Épée en main, Hati fonce la première et ses compagnons se précipitent à sa suite. Ils se dirigent tous vers l'endroit d'où viennent les cris. Lorsqu'ils arrivent enfin sur place, il est déjà trop tard. Les corps des deux alters gisent sur le sol, sans vie. Ils ont été transpercés de plusieurs coups d'épée.

— Qui a pu faire ça ? s'interroge Geri en balayant la cour du regard. Il n'y a personne ici !

Grâce à leur don de nyctalopie, Hati et les deux renégats sont en mesure de confirmer ses dires.

— Il n'y a rien ni personne, dit Hati. La cour est vide et...

C'est alors qu'une créature sortie de nulle part leur tombe dessus. Elle est armée, visiblement, puisqu'elle se débarrasse des deux derniers renégats en un rien de temps.

— Holà! s'exclame Razan en évitant de justesse la lame de la créature. Cette fois, c'est du sérieux!

Leur adversaire parvient à se déplacer à une vitesse phénoménale, au point où Razan et les autres sont incapables de prévoir son prochain mouvement. Il se déplace si vite qu'aucune épée n'arrive à l'atteindre.

— On ne peut pas combattre cette chose! les prévient Razan. Elle est trop rapide. Elle nous aura tous réduits en macédoine bien avant qu'on ne réussisse à la toucher!

— Razan a raison! crie Hati en esquivant de justesse un assaut de la créature. Nous sommes morts si nous restons à découvert.

— Réfugions-nous dans le château! dit Geri. Par là! Suivez-moi!

Le doberman effectue un puissant bond et atterrit devant l'entrée principale. La seconde d'après, il est rejoint par ses compagnons, qui ont effectué le même genre de saut. Hati s'est chargée d'attraper Razan et de l'entraîner avec elle. Ils entrent tous dans le château sans même s'être consultés. Là encore, ils ne rencontrent aucune opposition; aucun garde, aucune sentinelle alter ne vient leur bloquer le passage.

— Tu vois la créature derrière? demande Freki à Razan.

Celui-ci jette un coup d'œil par-dessus son épaule, mais ne voit rien.

— Si elle nous suit, on le saura bien assez vite !

Tous les quatre traversent le grand hall et foncent droit vers un portail qu'ils franchissent pour se retrouver dans une grande salle, sans doute la plus belle du château. Tout au fond se trouve une estrade avec des escaliers en marbre. Au sommet s'élèvent trois trônes. Deux d'entre eux, les plus grands, sont occupés. Razan s'immobilise brusquement, stupéfait, lorsqu'il reconnaît Arielle sur l'un des sièges. Il en oublie même la créature, qui ne tardera sans doute pas à faire son entrée dans la salle.

— Arielle, c'est bien toi ? fait le jeune homme, qui s'attend à ce que l'élue ait un choc en le voyant, elle qui le croyait mort.

Mais Arielle ne répond pas. Hati et les deux dobermans s'arrêtent aussi.

— Noah ? fait Geri en voyant que son ancien maître occupe le trône situé à la droite d'Arielle.

— Je ne suis plus Noah, répond le garçon. Je suis Nazar, le roi de Midgard. Et voici ma reine : Lady Arielle Queen.

Razan serre les poings.

— Qu'est-ce que tu lui as fait !?

— Rien qu'elle ne souhaitait que je lui fasse.

— Cette fois, j'en ai marre, rage Razan en se précipitant vers l'estrade. Il est temps que je te règle ton cas, espèce de petit salaud !

Noah accepte le défi.

— Allez, amène-toi !

Il abandonne son trône et dévale l'escalier de marbre, les poings en l'air. Razan frappe le premier et envoie un direct du droit au menton de son rival. Ébranlé, Noah perd momentanément l'équilibre, mais se reprend rapidement. Il tente à son tour de frapper Razan, mais ce dernier parvient à esquiver le coup et se retrouve dans une position idéale pour balancer un crochet du gauche à Noah, qui s'étale de tout son long dans l'escalier.

— Je ne pensais jamais que ça me ferait autant de bien, dit Razan tout en massant ses jointures. Allez, fillette, relève-toi ! Ça ne fait que commencer.

— Non, tu as tort, dit une voix.

Razan et les autres se retournent. Dans le chambranle du portail se tient Elizabeth Quintal. À ses côtés se trouve un grand elfe en armure. Dans sa main gantée, l'elfe tient une épée de glace maculée du sang des alters renégats.

— Alors, c'est ce grand connard qui a tué mes hommes ! fait Hati. Tu vas me le payer, mon gars.

— Tu ne peux pas vaincre l'Elfe de fer, dit Elizabeth, personne ne le peut. Il est plus agile et plus rapide que le meilleur de tous vos combattants. Vous en avez eu la preuve ce soir, non ?

Razan n'en a rien à faire, du grand elfe et de ses habiletés extraordinaires. Pour l'instant, la seule chose qu'il souhaite, c'est servir une bonne correction à cet idiot de Noah.

— Ne me dis pas que tu abandonnes déjà, lui dit-il pour le provoquer.

Noah laisse échapper un petit rire. Il se remet sur ses jambes tout en essuyant le sang au coin de sa bouche.

— Je ne suis pas de taille à me mesurer à toi, Razan. Mais tu pourrais tout de même apprécier l'effort, non?

Razan s'avance vers l'escalier et tente d'agripper Noah par ses vêtements royaux, mais ce dernier est plus rapide et parvient à lui échapper. Il remonte en vitesse sur l'estrade et se rassoit sur son trône. Qu'à cela ne tienne, Razan a décidé de le suivre. Il a le temps de gravir une demi-douzaine de marches avant d'être arrêté par une main puissante qui s'abat sur son épaule. La main force Razan à se retourner; le garçon se retrouve nez à nez avec Mastermyr.

— Charmant, ton petit look métal, lui dit Razan. Mais personne ne t'a dit que ça s'était terminé avec les années 1980?

L'Elfe de fer empoigne solidement le jeune homme et le soulève de terre.

— Holà, Popeye, tu as mangé des épinards récemment?

Mais le grand elfe n'entend pas à rire.

— Je pourrais lui ordonner de te briser le cou, tu sais, déclare Noah, bien à l'abri sur son trône. N'est-ce pas fantastique d'avoir son propre garde du corps?

Cette fois, c'est Razan qui se met à rire.

— Les gardes du corps, ça sert uniquement aux lopettes dans ton genre!

— Ça suffit maintenant! intervient Hati. Hé! grand connard! lance-t-elle ensuite à l'intention de Mastermyr, tu reposes doucement mon ami par terre, sinon je me charge de démembrer ta petite copine.

Pendant que Mastermyr s'en prenait à Razan, Hati et les dobermans sont retournés vers le portail et se sont emparés d'Elizabeth. L'Elfe de fer tourne lentement la tête vers eux. Il observe Hati, puis Elizabeth, et revient ensuite à Razan.

— Elle ne rigole pas, tu sais, lui confie le garçon. Après tout, tu as tué quatre de ses bons copains, là dehors.

Mastermyr regarde de nouveau en direction de Hati et d'Elizabeth.

— Je t'interdis de le libérer! ordonne Noah à son garde du corps.

C'est à ce moment qu'Arielle quitte son trône. Elle descend lentement les marches et s'approche de Mastermyr.

— Libère-le, dit-elle.

Le grand elfe obéit immédiatement et relâche Razan qui retombe sur ses pieds. Le garçon fait maintenant face à Arielle. La jeune élue le dévisage comme si c'était la première fois qu'elle le voyait. Elle est différente. Sa peau est affreusement blanche, presque translucide, et un symbole runique est tatoué sur sa joue gauche. Elle ressemble à cette créature sauvage que Razan a rencontrée dans la fosse d'Orfraie, celle qu'il a dû amadouer, puis apaiser grâce à un baiser.

— Arielle, c'est moi, lui dit Razan. Je ne suis pas mort. Je suis vivant. Et je suis revenu pour toi. Geri et Freki m'ont dit que je devais t'empêcher de proclamer ton allégeance à Loki.

— C'est trop tard! ricane Noah du haut de son trône. Et il n'y a pas qu'à Loki qu'elle a juré fidélité. À moi aussi, elle a fait cette promesse.

— Qu'est-ce qu'il veut dire ? Arielle, dis-moi !
s'emporte Razan sans la quitter des yeux.

— Elle est mon épouse ! lui révèle Noah.
Nous nous sommes mariés. Ensemble, nous
transformerons ce monde pour en faire un
paradis !

Razan secoue la tête en silence. Arielle, mariée
à cet idiot de Noah ? Non, il ne peut pas croire, ou
plutôt ne *veut* pas croire, que ce soit possible.

— Il ment, n'est-ce pas ? demande-t-il à
Arielle.

La jeune élue semble de glace. Aucune
émotion, aucune chaleur, aucune humanité ne
transparaît sur ses traits figés. Elle fixe Razan d'un
air hagard.

Puis, au bout d'un moment, ses yeux toujours
vides, elle demande :

— Qui es-tu ?

14

— Qui es-tu?

La réaction d'Arielle cause non seulement une surprise à Razan, mais aussi un choc intense. Le garçon ne s'attendait pas à cela, même s'il se rend bien compte que la jeune fille qui se tient devant lui n'a plus rien à voir avec la Arielle Queen qu'il a connue. *Elle n'est plus elle-même,* se dit-il. *Ces yeux noirs, et cette peau blanche... On dirait une poupée de porcelaine.* Au lieu de rassurer le garçon, cet air angélique et cette apparence inoffensive ajoutent à la menace qui se dégage d'Arielle.

— C'est moi, Razan, répond enfin le jeune homme d'une voix douce. Je suis venu te chercher, princesse. Tu viens avec moi?

Arielle le dévisage un instant, puis finit par secouer lentement la tête.

— Mon père est parti, dit-elle. Mais avant de partir, il m'a confié ce territoire. Et j'ai le devoir de le faire prospérer.

— Arielle...

— Si j'en crois tes paroles, le coupe-t-elle, il fut une époque où nous étions amis tous les deux, mais ce temps est révolu : je ne suis plus celle que tu as connue, ou que tu crois avoir connue. Désormais, on me nomme Arihel, conclut-elle en mettant l'accent sur le h aspiré de son nouveau nom.

Razan tente de s'approcher d'elle, mais elle ne lui en laisse pas la chance. Sans la moindre hésitation, Arielle pose sa main sur la poitrine du jeune homme et, d'une seule poussée, l'expédie au bas de l'escalier. Après un bref vol plané au-dessus des marches, Razan, abasourdi, s'écrase lourdement sur le sol. Après sa chute, il met du temps à se relever. *Rien de cassé, apparemment,* se dit-il en remuant ses membres les uns après les autres. *Un vrai miracle !*

— Je vais devoir porter plainte, déclare Razan en relevant la tête vers Arielle.

La jeune élue descend les marches qui la séparent de lui.

— Tu ne vas pas encore me brutaliser, hein ? se moque-t-il avec malgré tout un sourire forcé.

Arielle n'a plus que quelques marches à franchir. Razan lève une main, espérant que cela suffira à stopper la jeune fille, mais cette dernière poursuit son approche.

— Hé, princesse ! Tu sais très bien que je ne me bats pas avec les filles !

Mais ce n'est pas Razan qui intéresse Arielle, car elle l'écarte de son chemin avec brusquerie, encore une fois, pour se diriger ensuite vers le portail de la salle, devant lequel se tiennent Hati, Geri, Freki et leur prisonnière, Elizabeth.

— N'avance plus! ordonne Hati à Arielle, sinon je tue ton amie!

Ces menaces ne suscitent aucune réaction chez Arielle, mais ont toutefois le mérite de provoquer le rire de Noah.

— Vous croyez qu'elle en a quelque chose à faire, de cette idiote d'Elizabeth? lance-t-il en direction de la jeune alter et des deux dobermans.

Mastermyr se tourne vers Noah et le fixe sans rien dire.

— *Nasci Modi!* s'écrie Arielle, ce qui fait surgir l'épée de glace dans sa main.

La jeune fille aura bientôt rejoint Hati et ses deux compagnons. Elle marche d'un pas lent mais décidé, comme les tueurs dans les films d'horreur qui, malgré leur lenteur, finissent toujours par rattraper leur victime.

— Elle a l'air de mauvaise humeur, observe Geri.

Freki est d'accord avec lui.

— Tu parles..., dit-il en hochant la tête.

— Et on dirait bien que c'est à moi qu'elle en veut, déclare ensuite Hati.

Les dobermans ne la contredisent pas; eux aussi ont remarqué qu'Arielle semble fixer Hati de son regard froid. La jeune alter agrippe solidement Elizabeth et la force à reculer vers le portail. Quant aux deux dobermans, ils se placent devant

Hati et son otage, de façon à bloquer le passage à Arielle.

— Ne faites pas ça ! leur conseille Razan au pied de l'escalier. Elle est trop forte pour vous, les gars !

L'avertissement de Razan déclenche le rire de Geri.

— Trop forte pour les deux loups d'Odin ? Ha ! ha ! ben voyons !

Contrairement à son compagnon, Freki ne s'amuse pas du tout. Tenant solidement son épée entre ses mains, il se prépare au combat. Voyant avec quel sérieux Freki envisage l'affrontement, Geri, soudainement inquiet, cesse de rire et lève lui aussi son arme.

— À nous deux, on sera capable de la contenir, pas vrai ? demande-t-il à Freki.

Ce dernier ne répond pas. Il repense à leurs retrouvailles dans l'Helheim, et au fait qu'à son avis, elles présageaient d'un autre danger. *Tout va se jouer ici*, songe-t-il, *ici et maintenant. Pour Geri et moi, c'est l'heure de vérité.*

Toujours en marchant, le regard noir et vide, Arielle brandit son épée de glace.

— Sauve-toi, Hati ! lui dit Freki. On ne pourra pas la retenir très longtemps.

Se sauver ? Non, pas question. La jeune alter n'a jamais fui quoi que ce soit dans sa vie, et ne commencera certainement pas aujourd'hui. Elle est d'ailleurs fort déçue que les dobermans aient pu croire, ne serait-ce qu'un seul instant, qu'elle accepterait de déserter les lieux d'un combat.

— Nous sommes venus ensemble, nous repartirons ensemble! répond Hati en repoussant Elizabeth.

Son otage ne lui sera d'aucune utilité. De toute évidence, Arielle Queen ne se préoccupe aucunement du sort de sa meilleure amie. Ce n'est pas pour secourir Elizabeth qu'Arielle Queen souhaite affronter Hati. *C'est par jalousie,* réalise cette dernière. *Elle est jalouse de moi. Son instinct est plus aiguisé. Elle agit comme un animal qui souhaite protéger son territoire. Pourtant, ce n'est pas son territoire que je menace. Non, c'est l'amour que Razan éprouve pour elle. Elle me perçoit comme une rivale et souhaite... m'éliminer. S'il reste encore un peu d'amour dans son cœur, alors tout n'est pas encore perdu.*

Arielle n'a visiblement pas l'intention de se laisser intimider par Geri et Freki. Pas une seconde elle ne ralentit la cadence. Elle se dirige droit sur eux de son pas lent mais ferme. Les deux dobermans se voient forcés de s'interposer entre elle et Hati, et ils engagent le combat avec Arielle. Sans attendre, Noah appelle les renforts.

— Gardes! hurle-t-il.

Une cinquantaine de soldats alters émergent alors de derrière l'estrade. Razan profite de cette distraction pour s'élancer dans les escaliers de marbre en direction de Noah, mais il est aussitôt arrêté par Mastermyr qui le renvoie à terre d'un seul coup de poing à l'estomac.

— Il m'a cassé une côte, ce salaud! se plaint Razan en tentant de se relever.

Une main appuyée sur son flanc droit, le garçon parvient une fois de plus à se remettre sur ses jambes, mais seulement pour réaliser que les gardes alters se sont finalement ralliés autour de Hati et des dobermans. *Ils les ont encerclés*, se dit Razan. *Nous sommes faits comme des rats! Y a pas à dire, c'était une fichue de bonne idée de se pointer ici! Merde!*

Une fois loin de Hati, Elizabeth n'a pas tardé à se joindre au groupe de soldats alters envoyés par Noah. Geri et Freki sont beaucoup trop occupés à parer aux assauts répétés d'Arielle pour comprendre que les alters les ont entourés.

— Vous avez vraiment cru que nous étions seuls ici? s'exclame Noah en s'adressant à Hati et aux autres. Pauvres imbéciles! Vous êtes tombés dans un piège!

Hati se trouve acculée au portail. Elle se sert de la lame incandescente de son épée fantôme pour tenir les gardes à distance. Ces derniers se serrent autour de la jeune alter, prêts à se jeter sur elle au moindre signe d'hostilité.

— Non, tu te trompes, répond Hati à Noah. C'est vous qui êtes tombés dans un piège!

L'air triomphant sur le visage de Noah disparaît en un éclair lorsque Hati ouvre le portail derrière elle, libérant ainsi la voie à un flot de chevaliers fulgurs qui pénètrent par vagues successives dans la salle des trônes. À leur tête se trouve Ael, la Walkyrie, ainsi que Jason Thorn. Les gardes alters essaient par tous les moyens de freiner la progression des fulgurs, mais en vain: les chevaliers sont beaucoup trop nombreux. Les alters sont débordés. Ils n'arrivent pas à combattre à la fois les fulgurs et leurs marteaux mjölnirs, qui volent et s'abattent en tous sens autour d'eux. *Alors, Hati est avec eux,* en déduit Razan. *Elle a organisé mon évasion pour que je la suive ici. Les dobermans sont-ils dans le coup eux aussi? Non, je ne crois pas. Tout ce qu'ils souhaitent, c'est de nous protéger, Arielle et moi, au nom d'Odin. Et Hati? Quelles sont ses motivations? Pourquoi s'est-elle alliée avec Kalev et les fulgurs? Croit-elle, tout comme Ael, que c'est le seul moyen de vaincre Loki et Angerboda?...*

Le combat entre Arielle et les dobermans est inégal. Plus rapide et plus douée que ses adversaires canins, la jeune fille a bientôt le dessus sur eux. Elle parvient même à les désarmer tous les deux avant de blesser mortellement Freki à la poitrine.

— Oh non! Pas encore! s'exclame Geri en s'agenouillant auprès de son ami blessé. Mon vieux Freki, parle-moi! Parle-moi, je t'en supplie!!

Mais aucun son ne sort de la bouche de Freki. Le pauvre doberman fixe son ami sans réellement comprendre ce qui vient de lui arriver. Tout s'est passé si vite, même pour Geri. Quant à Arielle, elle reste auprès d'eux, en position de combat, ses yeux vides n'exprimant aucune compassion envers les deux dobermans. Elle a frappé pour tuer, non pour blesser. Le doberman atteint par sa lame de glace mourra très bientôt, elle en est convaincue, et son compagnon, le doberman nommé Geri, ira vite le rejoindre dans la mort.

— J'ai été honoré de combattre à tes côtés, murmure Freki qui s'affaiblit de plus en plus.

— Qu'est-ce qui nous attend dans l'autre vie? fait Geri, comme s'il savait qu'il allait mourir lui aussi. Le paradis?

— Je ne sais pas, répond Freki en fermant les yeux. Mais c'est sans doute quelque chose de... mystérieux.

Freki exhale alors son dernier soupir et s'affaisse dans les bras de son ami. Alors que les combats entre alters et fulgurs font rage autour de lui, Geri lève les yeux vers Arielle et contemple une dernière fois l'épée de la jeune fille, qui pend au-dessus de sa tête. Le doberman se sait vaincu. Et même s'il ne l'était pas, il n'a plus envie de combattre.

— Allez, Arielle, lui dit-il sur un ton las. Fais-le. Je suis si fatigué… J'ai besoin de repos.

Arielle lève son épée de glace et l'abat sans réserve sur Geri, qui s'écroule auprès de Freki, son vieil ami de toujours. Pour eux, c'est la fin. Ils sont morts comme ils ont vécu: ensemble.

Maintenant débarrassée des deux dobermans, Arielle se concentre de nouveau sur sa cible principale: Hati, qui est toujours occupée à repousser les attaques des alters. Afin de pouvoir affronter sa rivale seule à seule, Arielle élimine elle-même les alters qui lui donnent du fil à retordre.

— C'est gentil, la remercie Hati, ironique, mais c'est beaucoup trop de compassion: je ne peux pas accepter!

La jeune alter s'élance alors vers Arielle et toutes deux engagent le combat. Encore une fois, c'est une lutte inégale. Arielle surpasse, et de loin, son adversaire en force et en habileté.

Pendant ce temps, Ael et Jason quittent le lieu des combats et accourent en direction de l'estrade afin d'y rejoindre Razan. Tous les deux sont aussitôt confrontés à Mastermyr, qui s'interpose entre eux et Razan. L'Elfe de fer agit-il ainsi pour les empêcher de passer ou pour protéger Noah ? Ce dernier observe les combats d'un œil inquiet, du haut de la tribune. Il ne comprend pas comment ces crétins de chevaliers fulgurs peuvent venir à bout aussi aisément de sa garnison de super alters. Et pourquoi fallait-il que Loki, Angerboda et leurs deux monstres de fils quittent le château de Peel tout juste avant l'arrivée de Razan ? Ils devaient éduquer les autres sœurs reines et conduire chacune dans son propre territoire, d'accord, mais leur départ n'était-il pas trop précipité ? Sans eux, le Nordland est vulnérable aux attaques de ses ennemis. Que pensera-t-on du roi de Midgard s'il manque à sa tâche dès les premiers jours de son règne ?

Ael et Jason doivent affronter Mastermyr s'ils souhaitent aller plus loin. Et même s'ils décidaient de rebrousser chemin, le grand elfe les poursuivrait sans doute jusqu'à ce qu'ils n'aient plus d'autre choix que de le combattre.

— *Nasci Lorca !* lance Ael, qui retrouve aussitôt sa lance de glace.

La jeune Walkyrie se souvient de sa dernière rencontre avec Mastermyr. C'est sans le moindre effort que ce dernier avait brisé sa lance en deux. Elle espère que ça se passera différemment cette fois-ci et qu'elle aura au moins une chance de le blesser. De son côté, Jason dégaine rapidement ses deux mjölnirs : « Mjölnirs ! Boomerang ! », et les lance en direction de Mastermyr qui évite le premier de justesse, mais reçoit le deuxième en pleine poitrine. La force de l'impact l'oblige à faire un pas vers l'arrière pour conserver son équilibre. Ce coup de marteau, qui aurait projeté au loin n'importe quel autre être vivant, n'a fait que déstabiliser légèrement le grand elfe. Jason doute soudain de pouvoir l'affaiblir avec ses mjölnirs, mais choisit tout de même de tenir bon. Dès que ses marteaux reviennent entre ses mains gantées, il les renvoie dans sa direction.

Razan profite du fait que Mastermyr soit occupé ailleurs pour s'éloigner en douce de l'estrade et se diriger vers le portail de la salle. Tout juste avant d'atteindre l'endroit où se battent Arielle, Hati et les autres, Razan tombe sur les cadavres des deux dobermans. Il ne peut s'empêcher de les observer un instant, puis de les saluer à sa façon : *Au revoir, les gars,* leur dit-il en pensée. *J'espère qu'il y a un paradis pour les chiens là-haut.* Il s'empresse ensuite de s'adresser à Arielle :

— Princesse ! s'écrie-t-il.

Arielle, qui était sur le point de désarmer Hati, s'immobilise brusquement. La jeune alter se trouvait en sérieuse difficulté. Sans l'intervention de Razan, elle aurait certainement péri sous la lame de sa puissante adversaire.

— Princesse, écoute-moi ! la supplie Razan.

Arielle abaisse son arme et se retourne pour faire face à Razan. Ce dernier fait un signe à Hati, afin qu'elle ne profite pas de l'inattention de sa bien-aimée pour l'attaquer et la blesser. Hati acquiesce discrètement, puis, sans perdre de temps, se joint aux fulgurs pour combattre les alters.

Arielle et Razan se fixent l'un l'autre en silence, au milieu des combats qui se font de moins en moins intenses autour d'eux. Les fulgurs et leurs attaques successives de mjölnirs auront bientôt raison des alters, dont le nombre ne cesse de diminuer. Ce n'est plus qu'une question de temps avant que tout soit terminé et que la petite armée de Noah Davidoff et de son épouse soit enfin vaincue.

— Loki t'a abandonnée, déclare Razan sans détacher son regard de celui d'Arielle.

Celle-ci fait non de la tête.

— Cet îlot n'est pas important, répond la jeune fille avec une voix caverneuse que Razan ne reconnaît pas. Ce n'est pas ici que sera érigé le véritable palais du Nordland. Et contrairement à ce que tu crois, poursuit Arielle, mon père ne m'a pas abandonnée. Ceci est ma première épreuve. Je survivrai, tout comme Sa Majesté le roi Nazar, mon mari, et le seigneur Mastermyr.

— Tu ne peux pas m'avoir oublié, princesse, je...

— Je ne suis pas une princesse, l'interrompt Arielle en se rapprochant de lui. Je suis une reine !

Tous les deux s'observent un moment sans prononcer la moindre parole. Bien que leur amour soit toujours vivant quelque part, ils ne se reconnaissent plus.

— Mais qui es-tu donc ? demande Razan.

Arielle secoue lentement la tête.

— Je ne sais pas.

Razan porte une main au visage de la jeune fille et caresse doucement sa joue.

— Je t'aime, lui dit-il.

Arielle conserve le silence. Elle continue de fixer son vis-à-vis avec un regard froid, dénué de toute émotion.

— Dommage..., finit-elle par répondre.

Elle lève son épée de glace et se sert de la garde pour frapper sauvagement Razan à la tempe. Le garçon s'écroule aux pieds d'Arielle, inconscient.

Razan réalise bien vite qu'il a quitté le monde réel pour celui des rêves. L'environnement, mais surtout l'atmosphère, ne sont plus les mêmes. Il est dehors, et il fait chaud. Le ciel est ensoleillé. Il se trouve dans un endroit magnifique, situé au bord de la mer. Une mer turquoise, translucide. Au loin, il distingue une ceinture de corail, un récif-barrière identique à celui qu'on retrouve autour de l'île de... *Bora Bora*, réalise-t-il. *La perle du Pacifique. J'y suis enfin.* Razan se tient debout sur la plage bordée de petits arbustes et, plus loin, de grands palmiers. Devant lui s'étend la baie d'Hitiaa. Derrière s'élève le mont Otemanu. Non loin de la plage, dans le lagon, est construit un luxueux bungalow sur pilotis que Razan espère être le sien.

— Bonjour, capitaine Razan, fait soudain une voix.

Razan se retourne dès qu'il entend son nom. La personne qui s'est adressée à lui est une jolie jeune femme dans la vingtaine. Elle est accompagnée d'un type costaud aux cheveux bruns. La femme est grande et svelte, et ses cheveux sont aussi noirs que le charbon. *Mon Dieu, elle ressemble tellement à Arielle,* se dit Razan. Elle est vêtue d'un chemisier blanc et d'une jupe noire, recouverte d'un tablier mauve — une serveuse sans doute —, alors que l'homme porte un uniforme sombre qui lui donne l'air d'un officier militaire.

— Je vous offre un Maeva bien frais ? propose la jeune femme.

Elle porte un petit plateau circulaire sur lequel est posé un verre rempli d'un liquide rosé.

— C'est pas de refus ! s'exclame Razan en prenant le verre.

La Maeva est son cocktail préféré.

— Maeva signifie « bienvenue » en tahitien, révèle la serveuse.

Après avoir avalé une grande lampée, Razan demande à la jeune fille et à son compagnon de s'identifier.

— Mon nom est Adiasel Queen, répond celle-ci, mais tout le monde m'appelle Adi.

— Adiasel Queen ? répète Razan, confus. Une autre ancêtre d'Arielle Queen ?

La jeune femme répond par la négative.

— Plutôt l'une de ses descendantes, explique-t-elle ensuite. Enfin, si tout se déroule comme prévu. Il faut qu'Arielle parvienne à vaincre Loki et son armée de démons. Si elle échoue et que les peuples de l'ombre l'emportent, alors je disparaîtrai. En fait, tout ceci disparaîtra, dit-elle en décrivant un arc avec son bras. Si Loki triomphe, le soleil ne reparaîtra jamais et le chaos régnera pour toujours sur Midgard.

— Alors, ceci est le futur? demande Razan.

— Un des futurs possibles, oui. Mais l'avenir est rarement prévisible.

— En quelle année sommes-nous?

— Nous sommes présentement en 2060, dans le territoire du Fehland.

— Et qui c'est, votre copain?

Adiasel jette un coup d'œil en direction de son compagnon avant de répondre:

— Son nom est Silver Dalton. Les descendantes de la lignée Queen ne disposent plus d'animalters ou de chevaliers fulgurs pour les protéger dorénavant. Nos armées sont plutôt composées de légionnaires isslander et de phantos tyrmanns. Silver est un phantos. Il me sert de garde du corps. Il est grand et fort, mais silencieux. Et il est toujours là pour veiller sur moi. La plupart des phantos ne disent jamais rien; ils se contentent de suivre leur protégée et de l'observer en silence. Le mien, comme tous les autres, est peu bavard, mais je l'aime comme ça. C'est mon père qui l'a recruté après sa mort et me l'a envoyé. C'est ainsi que ça fonctionne. Les phantos tyrmanns sont en fait les âmes libérées des anciens guerriers tyrmanns, ceux qui aideront Arielle Queen et Kalev de Mannaheim à vaincre les forces du mal.

Razan a une moue de dédain en entendant prononcer le nom de Kalev. Adiasel le remarque, ce qui lui tire un sourire, mais elle poursuit néanmoins :

— Toutes les femmes de la lignée Queen en ont un, explique-t-elle. Un phantos, je veux dire. Avant, personne ne les voyait. Mais aujourd'hui, tout a changé. Après l'avènement de Tyr, une partie endormie du cerveau des humains s'est éveillée, une partie inaccessible il y a quelques décennies encore, décrite comme le « cortex aveugle ». Jusqu'à tout récemment, cette section du cerveau n'était pas utilisée, et le plus étonnant, c'est que ce cortex endormi s'est animé le même jour chez tous les êtres humains. En quelques heures à peine, la population entière de Midgard a été en mesure d'exploiter une nouvelle partie de son cerveau. Les plus spirituels ont affirmé qu'il s'agissait d'une intervention divine destinée à « tous nous réunir enfin dans la paix de Tyr ». Un regroupement de nobles, soupçonnés d'appartenir à une obscure société secrète, a laissé entendre que ce phénomène n'avait rien à voir avec le dieu Tyr, mais plutôt avec la découverte de l'Empire invisible. Ils nous ont rappelé que les neuf royaumes étaient jadis composés d'une énergie inconnue. Personne n'était encore capable d'identifier la provenance de cette énergie, pas plus que sa composition, mais ce que les membres de cette société prétendaient, c'est qu'il s'agissait du dixième royaume. La conscience des hommes se serait élargie le jour où Tyr a remplacé Odin dans le Walhalla, et tous auraient découvert le chemin du renouveau. Ce présumé contact divin aurait déverrouillé une partie du cerveau humain et provoqué cet éveil collectif.

— Passionnant, intervient Razan. Mais pourquoi me raconter tout ça?

— Patience, lui dit Adiasel. Vous aurez bientôt votre réponse. En vérité, nous n'avons jamais su ce qui s'est réellement produit, poursuit-elle, mais ce qui est devenu clair, par contre, c'est que nous n'étions plus seuls. Les phantos tyrmanns étaient parmi nous. Ces derniers ont été aussi surpris que nous, sinon plus, de découvrir que grâce à nos nouvelles facultés nous pouvions les voir et les entendre. Les humains ont vite compris qu'il leur faudrait apprendre à cohabiter avec ces guerriers errants venus d'un autre temps. Les phantos tyrmanns ont un rôle fort important à jouer dans le royaume de Midgard, paraît-il: ils aident les hommes à conjurer le mauvais sort lorsque celui-ci s'acharne sur eux, et les protègent contre les assassins de l'Empire invisible. Car, sachez-le bien: le jour où nos cortex aveugles se sont éveillés, nous n'avons pas seulement découvert la présence des phantos parmi nous, mais aussi celle des assassins invisibles. Jusque-là, nous avions échappé à la guerre perpétuelle que se livrent les phantos et le dixième royaume. Mais maintenant, tout ça est bel et bien terminé: Midgard est devenu leur champ de bataille. Ils évoluent dorénavant dans notre monde. Nous vivons parmi eux, et eux parmi nous. Comme vous pouvez le constater par vous-même, les phantos ne portent pas d'armure. Ils ont une apparence humaine, et c'est étrange, car ils ressemblent encore plus à des humains que les humains eux-mêmes. Bien qu'ils soient très différents les uns des autres, ils se ressemblent tous. Ils ne sont ni trop grands ni trop gros : de taille parfaite. Ils ne sont ni trop costauds ni trop chétifs : de gabarit parfait. Leurs cheveux ne sont ni trop longs ni trop courts : de style parfait. Leur visage n'est ni trop dur ni trop gai. Ils ont des traits parfaits et des dents parfaites, d'une blancheur immaculée. Et que dire de ce parfum envoûtant qu'ils dégagent en permanence ! Il est impossible de ne pas les aimer, et inhumain de ne pas les désirer. Pourtant, il est interdit de les séduire. Interdit de les toucher, de les embrasser. À cause du danger. Un phantos qui éprouve du désir envers la créature humaine qu'il est censé protéger est aussitôt chassé de son clan. Certains d'entre eux rejoignent alors les rangs de l'Empire invisible.

La jeune femme marque un temps. Razan est toujours attentif, mais sa patience a des limites. C'est un homme d'action, non de paroles. Adiasel doit en venir au fait, et vite.

— Je suis moi-même amoureuse de Silver, poursuit-elle. C'est un peu normal, après tout : nous nous côtoyons presque vingt-quatre heures sur vingt-quatre. Heureusement que cet amour n'est pas réciproque. Si Silver passait dans l'autre camp, il deviendrait vite dangereux. Je devrais alors faire appel aux sentinelles du dieu Tyr afin qu'ils viennent m'en débarrasser. On ne sait jamais comment réagira un phantos rebelle.

Les plus cruels prennent leur nouveau rôle très au sérieux ; ils s'appliquent à faire le mal partout où ils passent, et avec le plus grand zèle. Les plus modérés rejoignent l'Empire invisible, mais se considèrent encore et toujours comme des justes. Ce sont eux que l'on envoie auprès des phantos toujours fidèles à Tyr, avec pour mission de les corrompre et de les détourner du droit chemin. Ce n'est pas souvent qu'ils arrivent à convaincre les valeureux phantos de rejoindre les forces de l'Empire invisible, mais parfois ils y arrivent. Et c'est généralement lorsque l'amour d'une femme est en jeu et que...

— Attendez, attendez ! l'interrompt Razan. Ça suffit ! Des gens ont besoin de moi dans ce que vous considérez comme « le passé » et vous êtes là à me parler du dieu Tyr, de l'Empire invisible et de vos phantos, mais tout ça se déroule à une autre époque que la mienne, non ? Je serai probablement mort en 2060, alors pourquoi me soûlez-vous avec vos histoires, hein ?

— Parce que vous aurez besoin des phantos pour vaincre Loki et ses démons. Je vous le répète : les phantos sont les anciens guerriers tyrmanns. Les humains ne seront jamais assez nombreux pour affronter les super alters du général Sidero. Un jour ou l'autre, vous devrez trouver une façon d'invoquer les phantos tyrmanns pour vous aider dans votre combat.

— D'accord, d'accord, fait Razan. Et cet Empire invisible, il peut nous causer des ennuis ?

— Non, pas encore, lui répond Adiasel. L'Empire invisible est mon problème, non le vôtre, et je compte bien m'en occuper. En attendant, il vous faut retourner dans le passé et sauver Arielle Queen, c'est essentiel.

Razan se met à rire.

— T'inquiète pas, petite, dit-il, j'ai passé ma vie à sauver Arielle Queen. Je commence à en avoir l'habitude. Mais ce serait bien que les dieux me filent un coup de main, non ? Tyr s'est manifesté à quelques reprises, mais là c'est le silence complet. Et Odin le tout-puissant, qu'est-ce qu'il attend pour renvoyer Loki d'où il vient ?

— Il y a une période de transition chez les dieux en ce moment, explique Adiasel. Odin s'affaiblit de jour en jour, au profit du dieu Tyr. Il s'agit d'une passation des pouvoirs, en quelque sorte. La puissance que perd Odin, Tyr la récupère. Il est le dieu du renouveau, ne l'oubliez pas. Odin perdra définitivement son omnipotence le jour où ses deux loups seront assassinés par la dame de l'ombre.

— Ça s'est déjà produit, l'informe Razan. Geri et Freki sont morts. Tout juste avant que je perde conscience et que je me retrouve ici, sur cette plage paradisiaque.

Adiasel approuve tristement :

— Je sais. Terminez votre verre, capitaine Razan. Il est temps de rentrer.

Razan vide son verre de Maeva d'un seul trait, puis écarte les bras et se laisse envelopper doucement par la brise qui vient de se lever. Dès qu'il ferme les yeux, il se sent partir. Il a l'impression que son âme se détache lentement de son corps pour entreprendre un long voyage, loin de cette île, loin de ce monde, loin de ce temps.

Alors qu'il retourne dans le temps et traverse l'espace pour regagner son époque d'origine, Razan est brusquement envahi d'une certitude : Adiasel Queen n'est autre que la petite-fille d'Arielle Queen et de... Kalev de Mannaheim. « Un jour ou l'autre, répète la voix d'Adiasel dans son esprit, vous devrez trouver une façon d'invoquer les phantos tyrmanns pour vous aider dans votre combat. »

« *Les phantos tyrmanns...*
Pour vous aider dans votre combat. »
Le réveil est pénible. Lorsque Razan ouvre les yeux, il réalise qu'il ne se trouve plus dans le château de Peel. On l'a transporté ailleurs, dans un endroit froid et bruyant. Un bruit sourd et puissant résonne en permanence. Ce sont les moteurs d'un avion. *D'un gros avion,* se dit Razan. *Probablement un transporteur, à en juger par la déco.* Le garçon se trouve effectivement dans une large soute, ligoté sur un siège semblable aux dizaines d'autres qui en longent la paroi. Lorsqu'il examine l'espace autour de lui, il réalise qu'il n'est pas seul. Les autres sièges sont occupés par des chevaliers fulgurs, sauf celui qui se trouve à sa droite : il accueille Hati, la jeune alter, le chef des maquisards du Clair-obscur.
— Ça va ? s'enquiert-elle en comprenant que Razan s'est éveillé.

— Qu'est-ce qui s'est passé ? lui demande le garçon.

— On a réussi à s'échapper du château, lui révèle Hati. Les alters ont fini par capituler.

— Où est Arielle ?

La voix de Razan est différente et lui-même ne tarde pas à s'en rendre compte. Mais ce n'est pas le moment de s'arrêter à ça. Il y a plus urgent.

— Elle s'est enfuie avec Nazar et Mastermyr. On n'a rien pu faire pour les en empêcher. Ael et Jason se sont lancés à leur poursuite, mais ne sont jamais revenus.

— Et Geri et Freki ?

— Ils sont morts tous les deux, répond Hati. Je crois qu'ils ont rejoint mon père, le dieu Tyr, et veillent à sa protection désormais. Les loups d'Odin sont devenus les loups de Tyr.

— Tu nous as bien eus, n'est-ce pas ? s'emporte Razan. Depuis le tout début, tu es de mèche avec Kalev et sa bande ! Dis-moi, les alters renégats sont au courant de votre petite association ?

— Il n'y a que Kalev et moi qui savions, lui répond Hati. Ael et Jason ignoraient jusqu'à mon existence. Quant aux renégats, ils auraient évidemment refusé toute forme d'alliance avec Kalev, mais ils n'auront bientôt plus le choix : tôt ou tard, nous devrons nous unir aux humains si nous souhaitons avoir une chance de défaire Loki et Angerboda. Il n'y a pas d'autre solution.

Après avoir fait une pause, elle reprend :

— Mon père régnera bientôt sur les huit royaumes, confie-t-elle à Razan. Il tient à ce que tu saches que les demi-lunes existent réellement.

— Je sais, tu me l'as déjà dit, grogne Razan.

— Mais j'ai omis de te préciser une chose : en vérité, ce ne sont pas des médaillons.

— Tu essaies de m'amadouer ? Désolé, chérie, c'est raté.

— Je t'assure que c'est la vérité, insiste Hati. Kalev est un prénom dérivé du mot *kveldúlfr* qui, en vieux norrois, signifie « loup du soir ». Arielle, en hébreu, veut dire « lionne de dieu ». Dans les anciens écrits scandinaves, les termes « loup du soir » et « lionne de dieu » font tous les deux référence à...

— ... à la lune, complète Razan. Tu essaies de me faire croire que les demi-lunes sont des êtres humains ?

Hati approuve d'un signe de tête.

— Arielle et Kalev, si tu veux mon avis.

Razan se rappelle alors les paroles de la prophétie : « La victoire des forces de la lumière sera totale après le passage des trois Sacrifiés, lorsque les deux élus ne feront plus qu'un. »

— Lorsqu'ils ne feront plus qu'un..., murmure Razan pour lui-même.

Après un bref moment de réflexion, il ajoute :

— Si tu dis vrai, Arielle doit s'unir à Kalev pour sauver le monde.

— Tu as tout compris, mon cher ! lance soudain une voix masculine que Razan a l'impression de connaître.

Le garçon tourne la tête en direction de la carlingue. C'est de cet endroit que lui est parvenue la voix.

— Ce n'est pas ton sang de berserk qui te protégeait contre moi et te permettait de conserver ton corps, poursuit l'homme lorsque leurs regards se croisent. C'est l'amour que te portait Arielle Queen. Mais maintenant qu'elle ne ressent plus rien pour personne, la donne a légèrement changé.

L'homme qui s'approche de Razan est bien Kalev de Mannaheim. Mais son corps est différent, fort différent. *Mon Dieu, non! Dites-moi que je rêve, que ce n'est pas possible...*, songe Razan, ébahi. Celui qui se tient devant Razan à présent est... Razan lui-même. Le garçon a le sentiment de se trouver face à un miroir et d'observer son double maléfique dans la glace. *Il a réussi à s'emparer de mon corps pendant que j'étais évanoui*, en déduit Razan. *Mais si Kalev se trouve dans mon corps, alors ça signifie qu'il m'en a éjecté et que je...*

Au bord de la panique, Razan baisse les yeux et examine avec affolement sa nouvelle enveloppe charnelle. À son grand désespoir, il constate que c'est celle de Karl Sigmund.

15

Belle-de-Jour, 3 novembre de l'année 2004. Quatorzième anniversaire d'Arielle Queen.

— Que fait-on d'Émile et des sœurs Quevillon? demande Elizabeth, paniquée.

Leurs trois amis sont allongés par terre, tout près de l'endroit où Léa, Simon et Noah affrontent les présumés kobolds. Tous les combattants sont équipés d'épées magiques à lame fluorescente. Tous, sauf cette fille appelée Jorkane qui demeure en retrait comme si elle ne souhaitait pas se faire voir des intrus.

— On ne fait rien pour l'instant, leur dit Rose. Ils survivront, crois-moi.

— Ils survivront? répète Arielle. Tu en es certaine? Tu peux prédire l'avenir maintenant?

— C'est presque ça, Arielle chérie. Et le tien n'est pas de tout repos, tu peux me croire.

Arielle, Rose et Elizabeth, accroupies derrière la table de billard, observent Léa, Simon et Noah qui dominent totalement leurs adversaires au combat à l'épée.

— Mais où ont-ils appris à se battre comme ça? demande Arielle, stupéfaite.

Elle n'arrive pas à détacher son regard de cette scène surréaliste. Au bout de trente secondes à peine, il reste moins d'une dizaine de kobolds encore debout, six ou sept tout au plus.

— Même à cent contre un, explique Rose, les kobolds ne peuvent vaincre les alters.

— Je rêve, n'est-ce pas? lui demande Arielle. Il faut que ce soit un rêve.

— Je viens de me pincer, dit Elizabeth, et je suis toujours là.

— On a mis quelque chose dans la boisson gazeuse, suppose Arielle. Un hallucinogène ou un truc du genre. Eli, tu n'aurais pas osé faire ça, hein?

— Tu me prends pour qui, Arielle? J'ai peur de tout ce qui s'appelle médicament. Alors tu imagines quand on parle de... drogues? murmure-t-elle, comme si c'était mal de prononcer ce mot à haute voix.

— Tout ça est bel et bien réel, affirme Rose, mais n'ayez crainte, les filles, ce sera bientôt terminé. Il est temps de m'en mêler, si je veux éviter qu'il y ait trop de casse.

— T'en mêler? fait Arielle. Mais tu es folle ou quoi? Ils vont te découper en petits morceaux!

Rose éclate de rire.

— Même à cent contre un, dit-elle pour reprendre sa comparaison, les alters ne peuvent vaincre les sorcières du Niflheim.

Rose se lève brusquement et s'éloigne de la table de billard, abandonnant ses deux amies derrière elle.

— Elle va se faire tuer, dit Arielle en la regardant s'approcher de Simon et des autres. Il faut faire quelque chose !

— Que veux-tu qu'on fasse ? ! s'écrie Elizabeth. As-tu déjà tenu une épée ? As-tu déjà fait de l'escrime ? Eh bien, pas moi ! Et tu sais quoi ? Mourir ne fait pas partie de mes projets aujourd'hui !

Mais les deux jeunes filles réalisent bien vite que leur amie n'a pas besoin d'elles. Apparemment, elle peut très bien se débrouiller seule. S'avançant vers le centre de la pièce, Rose lance une incantation :

— *Odevish Imma Evishda !*

Léa, Simon et Noah sont aussitôt projetés contre le mur qui se trouve derrière eux, se détachant ainsi du groupe de kobolds — enfin, de ce qu'il en reste. Léa et les deux garçons heurtent le mur de façon si violente que le revêtement de plâtre garde une empreinte de l'impact. Les trois compagnons, ébranlés, retombent néanmoins sur le sol, sur leurs jambes.

— Il faut vraiment que je découvre qui est cette fille, dit Simon en se massant la nuque.

Rose s'occupe ensuite des deux kobolds qui sont encore en mesure de se battre. Elle les désarme grâce à une autre incantation, puis s'approche d'eux.

— Qui vous a envoyés ici ? demande-t-elle d'une voix forte.

Les deux kobolds demeurent silencieux. Rose fixe alors l'un d'entre eux.

— Toi, réponds-moi! lui dit-elle. Pourquoi êtes-vous ici?

Le kobold secoue la tête en silence.

— D'accord, lui dit Rose. Tu l'auras voulu.

Elle le fixe avec encore plus d'intensité. Le kobold commence alors à se balancer de gauche à droite et à se gratter les bras, puis les jambes, comme si quelque chose le démangeait.

— Mais... qu'est-ce qui m'arrive? J'ai chaud... il fait chaud. La peau me pique.

— Tu as déjà entendu parler de combustion spontanée? fait Rose sur un ton narquois.

— Oh! mon Dieu! Mais c'est douloureux! C'est atroce! Ça fait mal! On dirait que... que...

Le kobold n'a pas le temps de finir sa phrase. En un éclair, il s'enflamme de la tête aux pieds. La flamme est si puissante qu'elle le consume en quelques secondes. On entend un cri, puis plus rien. Du pauvre homme, il ne reste bientôt plus qu'un petit tas de cendres.

— Je répète la question, dit Rose à l'intention du second kobold: Qui vous a envoyés ici, et pourquoi?

— Je...

— Tu veux finir tes jours dans le sac d'un aspirateur, comme ton copain?

— Non, madame! s'empresse de répondre le kobold.

— Alors parle!

Le kobold hoche la tête, puis se lance:

— C'est Pierre Sordes et Adam Baltozor, nos maîtres nécromanciens, qui nous ont chargés de cette mission.

— Quelle est cette mission ?

— Nous devons... Nous sommes venus ici pour procéder à un échange.

— Un échange ? Quel échange ?

— Il nous faut remplacer Elizabetha par... Gloriana.

Rose relève un sourcil. Elle n'est pas certaine d'avoir bien compris.

— Tu peux répéter ça ?

— Elizabetha a fait son temps. Il nous faut la remplacer par Gloriana, qui a été formée spécialement pour prendre le relais et accompagner Arielle pendant son adolescence et sa vie adulte.

— Par Elizabetha, tu veux dire... Elizabeth ?

— Oui, madame.

— Attendez ! fait Arielle, qui se trouve toujours à l'autre extrémité de la cave. Vous voulez remplacer... mon amie ?

Ni Rose ni le kobold ne lui accordent la moindre attention.

— Ça me semble être dans l'ordre des choses, déclare Rose après un moment de réflexion. Vas-y, procède ! dit-elle au kobold, lui donnant ainsi son aval.

— Vous êtes... sérieuse ? s'étonne ce dernier.

— Tout à fait. Mais dis-moi, où cachez-vous cette Gloriana ?

Le kobold l'observe un moment, le temps de décider s'il doit lui faire confiance ou non. Apparemment, il opte pour la confiance, puisqu'il prend le téléphone portable accroché à sa ceinture et compose un numéro, sans doute celui d'un collègue posté à l'extérieur.

— Morvan, c'est Prigent, dit-il dans l'émetteur. Tu peux amener la fille.

— Rose, tu n'es pas sérieuse ! intervient encore Arielle. Tu ne vas tout de même pas les laisser faire ! Avec tes trucs de magie et de sorcellerie, tu pourrais les empêcher de faire cette… chose, ce remplacement !

Rose accompagne sa réponse d'un sourire indulgent qui semble dire : tu es gentille, mais tu ne comprends pas tout.

— Tout ça n'est pas clair pour toi, Arielle, explique-t-elle sur un ton bienveillant, mais un jour, ça le deviendra. Sache seulement que je ne peux pas les empêcher de faire quoi que ce soit, surtout si ça te concerne. Si je le faisais, mon futur, tout comme celui de Loki, et peut-être même le tien, pourrait en être sérieusement affecté. Loki a mis sur pied un plan auquel il ne faut pas déroger, c'est vital pour nous tous.

— Loki ? fait Arielle. Qui c'est, celui-là ?

Un nouveau sourire de la part de Rose.

— Un proche parent, répond-elle simplement.

Rose perçoit du mouvement sur sa droite et remarque que Jorkane, la nécromancienne, s'apprête à rejoindre Noah ainsi que les alters de Léa Lagacé et de Simon Vanesse. Ces derniers sont demeurés plutôt calmes depuis qu'ils ont été écartés du lieu des combats. En silence, sans déranger, ils ont écouté attentivement les informations livrées par Rose.

— Vous êtes Angerboda, n'est-ce pas ? lui demande Simon.

— Excellente déduction, petit. Mais il est encore trop tôt pour que tes amis et toi disposiez de cette information. Une fois que cet incident sera réglé, je devrai effacer votre mémoire, comme je devrai effacer celle d'Arielle Queen.

— Nous comprenons, répond Simon/Nomis.

Un autre kobold fait son entrée dans la cave. Morvan, sans doute, celui que le kobold nommé Prigent a contacté au téléphone. Il est accompagné d'une jeune fille dont les traits sont identiques à ceux d'Elizabeth. Une sœur jumelle, à n'en pas douter.

— Elizabeth, approche ! l'enjoint Rose. Viens rencontrer Gloriana.

— Non, ne fais pas ça ! conseille vivement Arielle à son amie.

— Dépêche-toi, Eli, insiste Rose, sinon je te réduis en cendres, comme le kobold qui refusait de m'obéir. C'est ce que tu veux ?

— Mais qui es-tu donc ? ! s'écrie Arielle. Un démon ?

— Tu n'es pas très loin de la vérité, Arielle, lui répond Rose.

Puis, en s'adressant cette fois à Elizabeth :

— Je te donne cinq secondes pour obéir, ma grande, et venir nous retrouver. Sans quoi, pouf ! je te transforme en guimauve et tu iras rôtir au-dessus d'un feu de camp !

La terreur que ressent Elizabeth est manifeste. La pauvre jeune fille est pratiquement en larmes. Elle ne veut pas s'approcher de Rose et des kobolds, mais elle n'a pas vraiment le choix. La vision de cet homme en feu lui a causé un violent choc, et elle ne veut surtout pas finir comme lui. D'un pas mal assuré, elle se dirige lentement vers Rose et les deux kobolds, de même que vers cette jumelle dont elle vient à peine d'apprendre l'existence.

— Par pitié, Rose ! l'implore Arielle.

Rose fait un geste en direction de Noah.

— Va t'occuper d'elle et fais ce qui était prévu.

Noah acquiesce en silence, puis se déplace vers Arielle. Elizabeth, de son côté, arrive enfin à la hauteur de Rose et des deux kobolds.

— C'est bien elle, affirme le kobold nommé Morvan.

Le regard d'Elizabeth croise celui de sa jumelle.

— Tu es...

Elizabeth n'arrive pas à terminer sa phrase.

— Je suis Elizabeth, dit Gloriana.

— Non ! s'exclame l'autre. C'est moi. Je suis Elizabeth...

— Plus pour très longtemps, rétorque le kobold nommé Prigent.

Aussitôt, il sort une dague fantôme de son manteau et transperce Elizabeth en pleine poitrine. La jeune fille vacille une seconde sur ses jambes, puis finit par s'effondrer aux pieds de Rose, morte.

— Oh ! mon Dieu ! Non ! hurle Arielle du fond de la pièce. Non !!

Elle veut s'élancer vers le cadavre de son amie, mais est arrêtée par Noah qui la retient par un bras.

— Lâche-moi! lui ordonne-t-elle. Lâche-moi ou...

— Ou quoi? fait Noah.

— Allez, fais ce que tu as à faire, mon garçon, dit Rose à l'intention de ce dernier. Elle doit s'imprégner de toi si tu souhaites un jour l'épouser.

Noah paraît aussi surpris qu'Arielle, mais beaucoup moins dégoûté qu'elle.

— L'épouser?

— Ne t'inquiète pas, jeune descendant de David le Slave, le rassure Rose, tu as encore un rôle important à jouer. Tout n'est pas fini pour toi.

Ces paroles, Noah Davidoff les entendra de nouveau un jour, dans le Walhalla, lorsqu'il s'apprêtera à pénétrer dans le Bifrost pour atteindre les limites de l'univers, là où Ael devra lui accorder le dernier salut. « Tu n'en as gardé aucun souvenir, mais je t'ai déjà aidé par le passé, lui dira alors une voix qu'il ne reconnaîtra pas, mais qui sera celle d'Angerboda. Aujourd'hui, je t'aiderai de nouveau. Ensemble, nous tâcherons de t'éviter la non-existence, un châtiment qui t'a été imposé injustement. Es-tu prêt à me faire confiance? Ton voyage ne fait que commencer. Ton corps légitime et ta réelle existence t'attendent de l'autre côté de l'arc-en-ciel. Car l'élu de la prophétie, c'est toi et toi seul. »

Noah tire alors Arielle vers lui et tente de l'embrasser.

— Ne me touche pas! s'écrie la jeune fille en essayant de le repousser.

Noah ne semble pas comprendre. Ce n'est pas ainsi que ça doit se passer.

— Mais je t'aime, Arielle ! Je t'aime depuis toujours !

Arielle ne veut rien entendre. Elle se débat pour échapper à l'étreinte du garçon, mais n'y parvient pas. Noah arrive enfin à poser ses lèvres sur les siennes.

— Mais je veux... te protéger et t'aimer ! insiste-t-il lorsqu'elle réussit à se soustraire à son baiser. Tu ne comprends donc pas ?

— Arrête ! le supplie Arielle. Tu me fais mal !

— Fais-la taire ! ordonne Rose à Noah.

Le garçon hésite. Il est prêt à la retenir, d'accord, mais serait-il capable de lui faire du mal ?

— FAIS-LA TAIRE ! hurle Rose d'une horrible voix gutturale.

Noah se décide enfin à frapper Arielle. Il lui assène une forte gifle, espérant que cela calmera à la fois la jeune fille et Angerboda.

— Pardonne-moi, Arielle, l'implore Noah qui regrette aussitôt son geste. Je t'aime tant. Laisse-moi t'embrasser et je te ferai tout oublier. J'en ai le pouvoir. Je suis désolé, je n'aurais pas dû. Je voudrais tant que tu m'aimes !

Arielle profite du fait que Noah a relâché sa prise pour tenter une nouvelle fois de se libérer. Contre toute attente, elle y parvient. Elle contourne la table de billard et se réfugie derrière. Noah réagit avec une étonnante célérité et bondit par-dessus la table pour rejoindre la jeune fille, paralysée par la surprise. Elle ne s'attendait pas à ce que le garçon soit aussi prompt. Noah la plaque durement contre le mur et tente de l'embrasser encore une fois.

— Un jour, tu vas m'épouser, Arielle Queen ! lui dit-il en la forçant à se rapprocher de lui.

L'agresseur et sa victime entendent soudain un sifflement provenant de l'escalier. Ils se tournent tous les deux au même moment. C'est Gloriana qui a sifflé. Dans sa main, elle tient la dague fantôme qui a servi à assassiner sa jumelle, Elizabetha. Avant que les kobolds aient le temps de l'arrêter, Gloriana lance la dague en direction d'Arielle et de Noah. Cette fois, c'est Arielle qui agit avec diligence : elle assène un coup de tête au visage de Noah. Le garçon a un mouvement de recul, ce qui donne à Arielle la seconde dont elle a besoin pour libérer son bras gauche et attraper la dague au vol. Sans réfléchir, elle agrippe solidement l'arme et l'abat sur Noah, le blessant gravement au visage. La lame incandescente laisse une profonde entaille dans la joue droite du garçon. Instinctivement, Noah s'éloigne d'Arielle et porte ses mains à son visage pour contenir le flot de sang qui s'échappe de la plaie. Tenant la dague toujours bien serrée au creux de sa main, Arielle prend la fuite et court se réfugier auprès de Gloriana.

— Merci, lui dit Arielle. Merci de tout cœur.

— Tu n'as pas à me remercier, répond la jeune fille. Tu es mon amie. Ne l'oublie jamais.

Gloriana se penche et retire les lunettes du cadavre de sa sœur. Elle les pose ensuite sur son propre nez, le plus naturellement du monde. On dirait Elizabeth ressuscitée.

— Alors, on le termine, ce travail d'histoire ? demande-t-elle à Arielle.

— Il faut se débarrasser des kobolds, annonce soudain Jorkane. Sans quoi, ils informeront les sylphors que je collabore avec les alters.

Rose ne peut s'empêcher de sourire.

— Rien ne me ferait plus plaisir.

Les kobolds ont à peine le temps d'ouvrir la bouche que déjà leurs corps sont consumés par un feu ardent. En l'espace d'un battement de cils, ils ont tous les deux disparu. Rose ordonne ensuite à tout le monde de se rassembler autour d'Émile et des sœurs Quevillon, toujours inconscients. Tous ceux qui sont présents ont assisté aux démonstrations de la puissance de Rose ; il ne vient à l'idée de personne de contester ses ordres.

— On a tous eu beaucoup de plaisir ce soir, dit Rose, mais rien de réellement mémorable, n'est-ce pas ? Alors, il est temps de tout oublier.

Noah est le dernier à se joindre au groupe. Il a trouvé une serviette dans un coin de la cave et s'en sert pour éponger sa blessure. Rose lui demande de retirer la serviette et passe un doigt sur sa coupure, qui se cicatrise aussitôt.

— Merci, dit Noah timidement.

Le garçon, honteux, garde la tête baissée. Il n'ose pas regarder Arielle dans les yeux.

— Cette blessure m'obligera à modifier la mémoire de tous les habitants de Belle-de-Jour, les prévient Rose, vous y compris. Les gens croiront que Noah s'est fait ça par accident, et se forgeront eux-mêmes une explication, celle qui leur conviendra le mieux.

Tout le monde acquiesce, sauf Arielle.

— Dans quelques instants, tout sera terminé. Vous retournerez à vos vies sans conserver le moindre souvenir de ce qui s'est passé ici ce soir. Vous m'en êtes tous reconnaissants, j'espère ?

Cette fois, c'est Arielle qui approuve la première.

— Je ne veux garder aucune trace de cette soirée, dit-elle à Rose tout en posant un regard haineux sur Noah.

Puis elle dévisage tour à tour les autres membres du groupe, à part la nouvelle Elizabeth.

— Qui que vous soyez, ou quoi que vous soyez, je ne veux garder aucun souvenir de vous et j'espère ne plus jamais vous revoir.

— Je voudrais bien pouvoir te rassurer à ce sujet, lui dit Rose.

La sorcière marque un temps, puis ajoute :

— Malheureusement pour toi, Arielle Queen, ton aventure ne fait que commencer.

Les extraits de *Légendes de Midgard*, le livre que lit Ael dans l'avion, attribués à l'auteur Michael Bishop ont été librement inspirés du livre de Jean Mabire, *Légendes de la Mythologie Nordique*, publié en 1999 aux éditions Ancre de Marine.

La production du titre Arielle Queen, *Le règne de la Lune noire* sur 10 813 lb de papier Rolland Enviro100 Print plutôt que sur du papier vierge aide l'environnement des façons suivantes :

Arbres sauvés : 92
Évite la production de déchets solides de 2 649 kg
Réduit la quantité d'eau utilisée de 250 602 L
Réduit les émissions atmosphériques de 5 817 kg

C'est l'équivalent de :

Arbre(s) : 1,9 terrain(s) de football américain
Eau : douche de 11,6 jour(s)
Émissions atmosphériques : émissions de 1,2 voiture(s) par année

100%   BIO GAZ   FSC   Recycled · Recyclé
ÉNERGIE   Supporting responsible use
                of forest resources
                Contribue à l'utilisation
                responsable des ressources forestières
                100%

Transcontinental
IMPRESSION
IMPRIMERIE GAGNÉ